有人看见草生长

胡婷婷　　　　著

中国青年出版社

自序
一篇怎么也写不出来的序

这篇序早就该写了,编辑宇珂从二〇二二年十二月底就已经在委婉催促。那时这间两百岁的农舍还半埋在积雪里,熬等春日暖阳、云开雾散。我自知拖欠,满口答应下来:好的好的。正好马上去南极,旅途有大把时间,一定写出来。

旅途是有大把时间,这个我没说错。飞在云层中晕乎乎看天色一点点透明的我,有时间写;躺在阿根廷陌生巷落的旅馆床上发呆的我,有时间写;晕在南极探险船船舱里等着登陆上岛看企鹅的我,也有工夫写。

工夫有,却写不出来。一来二去,又拖了三个月。宇珂说:已经在准备书的配图了。而我的序,还是一片白。明明希望书稿早日付梓,过去十年,一百多万字都呼呼啦啦写出来了,为什么一篇序这么难?我不知道。

此刻，窗外已秋。那棵百年老枫树用了不到一周，就从满冠金黄秃成了干枯枝桠。而这篇序，如哪吒般，死活出不来。

直到我戴上耳机，在枫林尽染的田间土路上，散步听汪曾祺《人间草木》的朗读，突然就明白了写不出序的缘由。再次拿起笔，我需要直面，这难以忍受的丧失感，哪怕只是短序一篇。

我把中文弄丢了。我拿着铅笔，想不起来一个明明很简单的字的笔画；我敲击着键盘，头脑里又全是干瘪的文字。

这丧失一如白发，潜藏多时，待觉察时，已经拔不尽了。在我回听自己的讲课录音时，那些想不出合适的中文词汇的瞬间，那本可信手拈来此刻却支离破碎的成语，那"这个""就是""然后"卡壳的贫乏……我在一点一点失去中文表达能力，如同这一头青丝也在成雪。在三十多年的岁月里，我引以为豪的中文表达，让我动容洒泪又忍俊不禁的中文，让我从尽职授课切换到任性写诗的中文，在慢慢地退化、走失，并且只用了短短几年。枫树的叶子落下，明年还会生长，我的中文呢？会回来吗？我没有答案。

与此同时，我的英文水平如野草占领荒原般增长。我先生不懂中文，听他说英语时，我的吃力感越来越少；我打电话给水管工或者会计，说专业问题也越来越轻松。似乎我的脑容量只有空间留给一种语言。有你没我，有我没他。实用和美感，你选吧。

这怎么选？旅居海外，一种语言，是生存的需要；而另一种，是住着灵魂的家园。

翻开书稿，这些从2009年后十多年里断断续续写下的文字，记录着一个人的迁徙、蜕变、成长和疗愈。这个人是我，也是许多人。

常收到读者留言，说某篇文章写得像她自己，是她不敢写出的自己。也有读者在社交平台上关注我、取消关注、再关注……后来彼此熟了，问起原因，她说："因为婷婷你直视内心的坦诚有时会让我心生畏惧……"

会有人看见草生长。景也好，人也好，心也好，这些文字记录的平凡点滴，如同一株株青草——雪里沉睡一冬，春里草色渐青。我是唯一一个，在托腮凝望的人吗？我不知道。

重读这些文字，有些篇章依然让我落泪，有些篇章依然让我脸红，有时觉得是不是有谁握着我的手写下的这些文字？那些写起来像是入定，一坐便一下午的时光，都浓缩在了文字里；那些边写边哭边写边笑的疯癫时刻，都随心流淌进了文字里。文字中记录的我，是现在的我吗？是过去的我吗？或者，是我吗？我没有答案。

这些文字中的自己，从北京迁到加州马林县，此刻已在远离喧嚣的农场里住了三年有余；从做教育非营利机构管理到专注于身心疗愈领域，此刻正在农场将刚割下的青草碎扫好喂鸡。从漂在北京十年，辗转搬家七八次，到安坐在如今的房间，听先生在隔壁弹五弦琴——恍如隔世。

本书中的文字，写在我的中文丧失前。写这篇序的曲折，让我意识到自己对中文能力的怀念。无论在哪里生活，我都不想失去它。这篇序，唤醒了我内心对中文的亲近。至少，在接下来的时间里，我可以用阅读和聆听，重温这份快要消失的温柔生命。以后会再写一本书吗？我不知道。我想，再次动笔，又会有不同的温度和劲道。

感谢编辑宇珂念念不忘，一路助我将书稿打磨成型。感谢先生费若朴听我诉说乡愁时，搭在我肩上的那只无声的手。身为犹太人，他太了解离开家园客居他乡的愁肠。感谢我的读者，你们阅读时的眼泪和欣喜，都让我觉得在这个孤单星球上，自己稍微不那么孤单。你的故事，我的故事，在恰当的视角望过去，每一个故事，都是爱的故事。

胡婷婷

2023年11月

目录

001 _ 自序：一篇怎么也写不出来的序
001 _ 引子：无心恋战

003 _ 第一章　心自有想去的地方
005 _ 想起上辈子的那些饭局，以及自己的不合时宜
014 _ 今天，那只偷吃杏仁的小耗子死了
020 _ 绿巨人，你歇歇，我没事的
023 _ 那是蜕掉一层皮，不是脱掉一件衣
030 _ 让我笑不露齿的，让我苹果肌发达的
034 _ 对不起老妈，我还是要做回没有章法的野孩子

041 _ 第二章　胡·萝卜·娃
043 _ 爱不徒劳

049 _ 我不再为了自己，给你买玩具

053 _ 山火，停电，离家，流浪

056 _ 胡萝卜的农场梦

060 _ 胡，萝卜，娃

062 _ 那些娃娃教我的事

068 _ 讨价还价

076 _ 搬心

080 _ 我很难过，一切很美

085 _ 薄荷、乡下人、白月光

091 _ 第三章　一颗碎开的心，可以住进整个宇宙

093 _ 瞧瞧，这女人，她抽烟

096 _ 赛，还是戏

098 _ 什么才算生命中的高光时刻

103 _ 打脸

110 _ 面对真正的失去，我们能做的真的不多

125 _ "明明可以做得更好……"

131 _ 第四章　疗愈师随记

133 _ 治疗师第一课：慈悲不是扛过他人的故事和伤痛

136 _ 一个米其林厨子的孤独

140 _ 恭喜你，原来你也是人类

147 _ 萝卜的翅膀

151 _ 享受当下有什么用

156 _ 36名学员配12名助教，这样的培训你见过吗？

164 _ 触摸着你，像触摸神灵

169 _ 一句话，一辈子

173 _ 我的救命稻草，我的坑

179 _ 第五章　农人生活

181 _ 海的眼

184 _ 小偷家族

187　青山常运步

190 _ 土路人家

195 _ 一宅一生

202 _ 芍药与顽石

207 _ 第六章　这位朋友，把名字写在水上

209 _ 电梯里的遇见

212 _ 被现代遗忘的村庄

218 _ Listen，你不必总是道歉

224 _ 尾声：如果只是挣扎，不活也罢

230 _ 代后记

引子
无心恋战

此时,坐在餐桌旁,窗外是阴天。

枫叶很安静,鸟儿在唱歌。

小油瓶和小醋瓶相互依偎着,赏着小粉花。

我的心里只有四个字:无心恋战。

无论这场战役是什么,粉色的天竺葵她正在盛开,细细小小的花瓣,开得好用心。

我不能错过。

第一章

**心自有想去的
地方**

想起上辈子的那些饭局，
以及自己的不合时宜

这部电影里有我几乎一模一样的经历

墨西哥移民 Beatriz 在癌症中心工作，是一名专业按摩师，专攻身体疗愈。

Beatriz 信仰心灵，但不信仰任何宗教。她信仰的是善良和美好，万物一体。

Beatriz 眼睛里透着悲伤。上周，她从癌症中心辛苦工作了一天回家，看到的却是横躺在落叶里的小羊尸体。那是她从小养大的小羊羔，在她离家的那几个小时里，小羊被醉酒大嗓门的邻居扭断了脖子。

小羊的照片和 Beatriz 丈夫的照片一起被供在大树下面。每天清晨，Beatriz 会点上蜡烛，和心爱的他们在树下安静地待一会儿。

一天，下班后，Beatriz背着大大的理疗床，去给豪宅的女主人做身体疗愈。女主人一身雍容的睡袍，正在等着做完身体疗愈后去化妆，化妆后要在豪宅举办私人晚宴。Beatriz曾疗愈陪伴过女主人身患癌症的女儿，女主人对Beatriz不错。在某种意义上，她们是朋友，只是在某种意义上。

工作完成之后，因为车打不着火，Beatriz被困在了豪宅中。女主人干脆说服老公，留下Beatriz参加晚上的私人晚宴。至此，电影渐入高潮。

晚宴上喧宾夺主的大富商Doug，是男主人的重要客户。Doug拥有无数地产庄园，在各个国家圈地盖酒店，破坏了环境，让很多当地居民失去家园，引起很多环保人士抗议。然而，他自有对人生及成功的理解：人生这么短，不过存活几十年，干吗不尽情享受人生呢？

晚宴上，加上豪宅夫妻，一共就三对夫妻。Beatriz身着朴素，一条简单马尾，平底球鞋，被正大谈特谈自己这一生的富商Doug当作了服务员。Doug对着Beatriz说："请再来一杯红酒。"男主人愣了一下，上前解释："哦，抱歉我刚才没有介绍，她是我太太的朋友。来吧，酒杯给我，我去加酒。"Beatriz对着男主人说："麻烦也给我再加一杯吧。"男主人迟迟未接过酒杯的手，透露了他的心境。

"就凭你，让我给你加酒？"那句话没有被男主人说出，却写在他勉强的表情里。

这样的聚会上，人们彼此客气优雅，得体地接话，把耳朵留给有分量的人，谨言慎行。就像西餐时，懂得如何优雅地举起刀叉，将食物送到嘴边，而不蹭掉一星半点的唇彩。那些套路般的赞赏与应和早就逐字逐句准备好了放在嘴边，只等对方话音一落，马上配好笑脸，毕恭毕敬打包奉上。

Beatriz 不知道，这样的聚会，人们哪里会交心，哪里会真的看到她这样一个微小真诚的存在。她在饭桌上谈起父亲，谈到了小时候，多么不合时宜啊。饭桌上的其他人只当她是个尴尬的笑话，连佣人上菜时，也顺着主人的眼神，判断出了 Beatriz 的分量就是没有分量。Beatriz 那些揪心的故事，在这样的饭桌上，并不比菜单更重要。

"小牛排，还是三文鱼？"家佣打断 Beatriz，报上菜名。谢天谢地，重要的客人们感到如释重负，总算不用再听这个不知天高地厚的墨西哥女人继续叨叨。

富商 Doug 喝得尽兴，谈完如何在各个国家绕开抗议的蠢笨土著居民，如何贿赂地方政府，如何盖起超豪华的五星级酒店，又开始谈和太太的苦恼——接下来究竟去哪里度假？谈到在非洲狩猎，他的眼里开始放光。大家开始传阅 Doug 狩猎的照片，露出各种惊叹的神情和声音。手机传到 Beatriz 手中，她那双忧伤的大眼睛睁得更大，而 Doug 正在回味那只犀牛被击中时的快感。Beatriz 非常愤怒，将手机砸向了 Doug：

"为什么，你要把自己所有的快乐，建立在他者的痛苦上？"

我经历过几乎一模一样的事情。区别是，我没有 Beatriz 将手机砸向对方的勇气。

血迹斑斑的黑熊，一脸快意的他

那是上一辈子的某个饭局。

饭桌上做东的他，事业如日中天，在那个领域做到国内最大。虽然他的员工多有不满，公司内外也冲突不断，人们又对他诸多非议，但他似乎并不在乎。其实他也在乎吧，不然为什么会长期失眠、愤怒、暴躁……

他说，自己最大的乐趣是射击和狩猎。他说，那是他唯一觉得压力可以减轻的瞬间。当我看到他手机里那些寂然倒地、血迹斑斑的黑熊，以及在身边举着猎枪、一脸快意骄傲的他时，内心和 Beatriz 的追问一模一样：

"为什么,你要把自己所有的快乐,建立在他者的痛苦上?"

Beatriz 直视着 Doug,忧伤的眼睛里没有一丝恐惧。其他客人都惊呆了,那可是 Doug,谁敢得罪他?男主人一边唯唯诺诺地道歉,一边让 Beatriz 离开房间。男主人是得体的人,他知道不能在尊贵的客人面前失态。男主人走到房间外,才开始训斥 Beatriz,像是训斥一条不懂规矩的别家的狗:

"这可是我尊贵的客人,瞧瞧你都做了什么!没有他,我的这套豪宅就不可能存在。我叫了拖车,你给我马上离开!"Beatriz 连连道歉。

Beatriz 在离开前,因为有 Doug 这般人物在星球上存在,开始质疑善的力量。

"去毁灭,只需要几秒钟时间;可是要去治愈,需要好多的耐心。"Beatriz 想起自己每天面对癌症患者时的痛苦和无助。

这样的质疑,我又何尝不曾有过?如何在恶的环境里保持善,如何在粗粝的环境里固守柔软——这里面需要大量的功课。

在两个世界间搭建桥梁

那是上辈子的某个饭局。

因为做非营利组织需要募款,我接触了一些"名流大亨"。当时的那个饭局,在一个私人会所,客人一入座,便挂上了厚厚的卷帘,隔开了外面的世界。三对夫妻,太太们笑容一分不多、一分不少,优雅美丽,又不显得过于亲切。

我举起刀叉,小心地往嘴里送着食物,生怕叉子上新鲜的小番茄滑落。对面坐着某投行亚洲区的总管,旁边坐着某位隐形富豪。大家在谈着世界局势,两位太太在谈着新宅装修找哪位国际设计师最好。

有一个瞬间,太太们谈到教育孩子之难,我马上见缝插针,谈起了农村孩子受教育的艰辛,支教老师的努力尝试。那一个个小故事,虽然我讲过无数次,但再一次讲述我依然会浑身毛发竖起,在某些瞬间潸然泪下。有时也惊讶自己哪来这么多泪水,可是,我知道,那些故事若不能触动我心,自己不会在历经这么多艰辛和委屈之后,做了这么久。

有过正念的训练,让我得以一边专注地给饭桌上的客人讲述支教的故事,一边抽离出来觉察自己。一个声音出现了:"多有趣啊,婷婷,早上去取钱,刚刚查了账户,你还有44块钱的存款。而此刻,这一盘小牛排,或许就要吃掉你自己一个月的工资。"

我看着饭桌上客人们听得专注、不停点头,头脑里出现了另一个声音："多有趣啊，婷婷，你们之间有着巨大的财富悬殊，可是，因为教育，你们坐在一起。你说，他们听。"

大家听得认真，连连点头，其中一位太太说："真希望我的孩子也能去农村锻炼锻炼，从来没吃过苦，得让他去看看农村同龄的孩子都在经历些什么，他才懂得珍惜。"

我知道，对方听到了。而我，需要见好就收。一次一点点，不能期望一次让对方吸收进去太多。这是两个不同的世界，在搭建桥梁时，不可用力过猛、速度太快。

Beatriz，如果你能听到我，我想让你知道，在这两个世界之间搭建桥梁，不可用强力；影响这些有影响力的人，需要巨大的耐心，需要慢慢来。你越想快，就越得慢慢来。我知道这很难，但是值得。

把热闹寒暄的饭局"搅"成了疗愈工作坊

那是上辈子的另一个饭局。

不知什么原因，我被安排坐在主宾旁边，大家都绝口不提他的职位究竟是什么，但是所有人都毕恭毕敬称他大哥。

觥筹交错间，大家嘻嘻哈哈。我知道自己的身份，虽然一听到这个饭局,胃就开始痛,我却还是决定参加,因为他们都是教育项目潜在的捐赠人。

圆桌上某位女士起身,身段纤细摇摆,莺声燕语地敬酒:先敬谁,后敬谁,丝毫不差;段段套话,毫无重复。我僵坐在一边,像是马上要从容就义,只是低头吃饭,偶尔挤出个笑容。

得经过多少"训练",才可以这么自然而不尴尬啊。可我对那些"社交语言"及"黄段子"一点兴趣也没有,只是默默咬牙坚持着。我在心里告诉自己:婷婷,记住你来的原因,记住你来的原因。

某个瞬间,我实在受不了饭桌上的虚假寒暄,几次都想愤然离开,但还是说服了自己:为什么不试试呢?

我端起酒杯,推开椅子,站了起来。大哥侧仰起头,似乎很好奇我会做些什么。他已经给我夹了半天的菜,豪气地帮我挡了半天的酒,或许从来没见过我这般不通人情世故的女人。

"各位哥哥姐姐,原谅婷婷我不懂礼数,不会说话,酒量也不好。来,我敬各位一杯。今天,婷婷只想真心问一句,既然各位互称兄弟姐妹,这么亲近,不妨我们真的聊聊,过去一年各位都经历了什么。除了笑脸和应酬,经历过离别、悲伤吗?"

这个不合时宜的邀请,竟然让饭局一瞬间安静下来。我的心里开始微微颤动，心想：完了，把人家的局给搅了。你这是干吗啊，婷婷，笑笑闹闹不就得了，干吗这么不合时宜？

我慢慢坐下。没想到，大哥先开了口："婷婷啊，谢谢你，问出这个问题。我最好的一个兄弟，几个月前被诊断出了癌症，眼看着他一次一次化疗，头发都掉光了……"

紧随着大哥的发言，饭桌上的其他人，开始聊起了自己真正在经历的人生：婚变，孩子的叛逆，职位变迁带来的压力……大家认真聆听着，彼此宽慰着，同样是举杯，眼里却含着泪光。大家的脸上，表情越来越舒缓，不再有那些僵硬的笑容。

我心里依然微颤，却有了不同的原因，完全不知道自己哪来这么大的感召力，活生生把一个热闹寒暄的饭局，"搅"成了一个疗愈工作坊。

不过，那次饭局让我更清楚地知道，每个人心底对真实联结的渴望。只是那层坚硬的盔甲，或者华丽的服装，穿得太久，逐渐以为那就是自己的皮肤，很难再脱下。

还好，带着这些知道，我进入了这一辈子。

谢谢 Beatriz 的这场戏。

今天，
那只偷吃杏仁的小耗子死了

小时候，有阵子，一首歌听得入情入景，喜欢跟着一起哼着里面的悲欢离合。似乎每唱一遍，就随着歌里的主人公经历了一次恋爱、分手和伤害。那么多的离愁别绪，都倾注到了一个人的小声吟唱中。

想想那时候，虐心虐得真是过瘾。

一个人走，一个人唱，一个人在陌生的街道狂奔哭泣，一个人在图书馆的角落默默流泪。怎么那么多的离愁别绪、撕心裂肺，我也说不清楚。毕竟，在外人看来，没什么好哭的。

我想人是需要常哭哭的。许多我的学员，找到我时，想知道"为什么我那么情绪化""我总想哭怎么办""我怎样才能平静不生气""我总是焦虑怎么办"……这时，我总是会营造一个安全信任的环境，让他们哭出来。号啕也好、啜泣也好、默默掉泪也好，总之疏通一下心的管道。有时候，我会随着学员一起眼眶湿润。而更多时候，我为在哭的学员感到欣慰。

那么多的情绪，堆在肚子里，会烂掉吧。连哭的权利都不舍得给自己，怎么谈下一步呢？

个案中，我常常静默地坐在那里，随着哭泣的学员一起呼吸。等他哭过瘾了，深深地呼吸，转过头来，我们再一起来找解决之道。有时候，甚至只是哭上一场，学员积压的"病症"就好了许多。因为，情绪已经自行在表达了。

人们常常觉得疗愈要讲自己的故事，要把那些痛苦的故事都讲出来。故事我也爱听，但故事和语言都是逻辑组织后的产物，是左脑在运作。而我更关注那些你说不出口、心里在疼的部分，因为那是右脑和你的潜意识在和我交流。坦率地讲，比起故事，我更信任后者。因为，一个人讲故事的方式常常固定，作为疗愈师，过于"相信"来访者诉说的故事，就失去了看到这个人的全部的机会。

小时候，我总是希望身边有个人愿意在我落泪时，安静地陪伴。不阻拦，不劝告，不建议。只是用手轻轻搭在我的肩上，在我鼻涕泡吹大了时，不笑我，轻轻给我递上一张柔柔的纸巾。

长大了，我成了许多人哭诉时依靠的对象。在信奉效率的世界里，我可以给学员一个可以哭的天地。

而今天上午，我号啕了半个小时。因为，小耗子终于被夹住了。

萝卜[1]赶在我起床前就跑去处理了捕捉现场。他并没有告诉我小耗子落难的事。我在洗碗时突然想起来一件事，便问萝卜："小耗子呢？没抓住吧。"

萝卜看着我，没吭声。然后我就开始号啕了。一边号啕，一边念叨——

"我无辜的小耗子啊，它又没有犯什么错……它只是饿了想吃饭而已，为什么要杀死它……我知道你怕耗子，可是这也不是耗子的错啊……可怜的小耗子，它妈妈应该难过死了……小耗子不过吃了几颗杏仁，就丢了性命，我们又不是买不起杏仁……"

我哭啊哭，哭啊哭，鼻涕眼泪呼呼啦啦往外流。

自从我开始自己做杏仁奶喝，每天晚上睡觉前，我都会泡一碗杏仁。前阵子有一天，我一早起来，碗里的水还在，杏仁却没了。我以为是萝卜恶作剧，审判了他好久。萝卜死活不承认。我也想不出他撒谎的理由，毕竟他不怎么吃杏仁，而且那么一大碗，

---

[1] "萝卜"是本书作者的丈夫Rob的中文昵称。Rob同作者一样，也是一位心理治疗师。这个昵称是中国学员给他取的。

他也没办法一下子吃下去。难道是娃娃[1]？不可能。娃娃爬不上厨房桌子那么高。完了，那就只有……一想到这里，我惊声尖叫窜到了客厅，跳到了沙发上："一定是耗子！"

我又惊又怕："我再也不要下沙发了……呜呜呜……我再也不进厨房了……家里怎么还住着耗子……"

受妈妈影响，我从小就怕老鼠。怕到电视里出现老鼠，我就要捂眼睛；怕到手机上出现老鼠的相关视频，我就不敢触碰手机屏，要眯着眼睛让萝卜帮我翻页。上次邻居家的大黄猫为了炫耀战绩，把一只耗子尸体送到了我家门口，我尖叫的声音随后震彻山谷，还好没人报警。萝卜知道了我怕耗子，开始在家里隐蔽的地方布上捕鼠夹。

好不容易，耗子偷吃杏仁事件的阴影过去了。但不知怎的，今天像是有预感，我随口问起了小耗子的事，结果就听到了小耗子的噩耗。

萝卜很无奈，像做错了事的孩子。我知道他也不想小耗子死。他还能怎样呢？不捉耗子，我哭有耗子；捉了耗子，我又哭耗子

---

[1] "娃娃"是本书作者的小狗，在本书后文中屡次出现。

没了。

萝卜坐在我旁边,给我递过来鼻涕纸。我又哭了一会儿:"你说我为什么哭得这么伤心啊……"大哭逐渐变成啜泣,我哽咽着,问萝卜。他说:

> "我理解的。我想,是你内心年少单纯的那部分感受到了深深的悲恸(I know. I understand. I guess it's the deep grief from your young innocent part.)。"

我抹抹眼泪,不哭了。

半个小时下来,眼睛已经肿成了桃儿。我躺在床上,让哭累了的自己恢复体力。

如果不是因为我怕耗子,萝卜或许也不会买捕鼠夹;如果我上次见到耗子时没有惊声尖叫,萝卜或许不会设捕鼠夹;如果我没有告诉萝卜上次看到耗子的地方,萝卜或许不会把捕鼠夹放在那里。

好多自责、内疚和无可奈何。

是我的心在哭,为这只小耗子,为自己,也为所有单纯、无辜、美好、无力反抗而被伤害的生命。

从床上爬起来，我开始做原谅练习。原谅自己，原谅萝卜，也原谅小耗子。

下次家里再有耗子了怎么办？我还不知道。

听说纽约开始用先灌醉、后淹死的方式灭鼠，而加州刚刚投放了1.5吨毒药到某个小岛上，只为灭鼠。这些方法都让我心里难受。虽然我这辈子可能没办法爱上耗子，甚至还会因为害怕而担惊受怕很多次，但这不意味着我希望它们痛苦地死去。

想起曾在一个寺院木结构屋顶下看见的一个大马蜂窝，僧侣们并没有"捣毁"它，而是想了各种方法让马蜂转移。他们甚至停用了马蜂窝下的那个房间，等待着马蜂"搬家"。他们真的用了好几个月，才成功让马蜂移居。如果论效率，真的太低；但若论对生命的尊重，他们的做法我很认同。

当今世界，践踏、伤害无辜生命的行为随处可见，也包括人类彼此之间。愿有一天，生命的珍贵被我们看见；愿有一天，我们能找到彼此和谐相处的方式——无论是和爱人、家人、朋友，还是和身边的鸟兽虫鱼、花花草草，包括一只偷吃杏仁的小耗子。

绿巨人，
你歇歇，我没事的

课堂上，老师 Jon 带着我们剥洋葱般对"我"进行分析。经典问题有两个：

"此刻，是谁在说话？"
"此刻，你送出了哪个自己来面对当下的处境？"

我想起一位作家的分享：他在又一个深夜里醒来，头脑异常清醒、焦灼。对境遇的不满，对未来的恐惧，持久的不快乐，一切都让他夜不能寐，无法呼吸。

这时，一个声音出现了："太难受了，我再也受不了我自己了。"他开始思考：如果"我"受不了"我自己"了，那么"我"是谁？"我自己"又是谁？那个瞬间，作家觉察到了头脑制造的这些想法的诡异。正是这个想法，带他走出了重度抑郁，开始醒来。

Jon和我有过一次对话。记录如下——

我：我体内的那个斗士（fighter）助我一路走来，克服了很多困难，她从来没有放弃。

Jon：看起来这是个很尽职尽责的斗士啊，一路护佑着你，达成很多目标。

我：是的，我很感激她。

Jon：斗士一般什么时候在？

我：什么时候？嗯……当我需要防范、警惕和抗争的时候，斗士就会醒来，充满力量……就像……就像绿巨人一样。

Jon：绿巨人醒来，想保护什么？

我：自由。我不允许别人拿去我的自由。当我意识到别人要强加给我什么，或是剥夺我的空间时，绿巨人就会醒来，保护我。

Jon：绿巨人常醒着吗？

我：现在，少些了。

Jon：从你的经历来看，斗士真的功不可没。但是同时有另一个你，她知道，真正的自由是别人拿不去的，对吗？就像鸟会被关在笼子里，但这并不会影响它歌唱。自由对婷婷很重要，但婷婷也知道，她最在乎的，是放声歌唱，而不是让绿巨人发威，是这样吗?

  Jon 注视着我，真诚而持久，充满力量。和 Jon 短短几分钟的交谈，让我对绿巨人的身份和角色有了新的理解。我不仅对绿巨人心怀感激和认同，更允许她睡去，允许鸟儿放声歌唱。

那是蜕掉一层皮，
不是脱掉一件衣

她的一句话，瞬间让我变小

她是我尊敬的创业家。凭着自己的聪慧和勤奋，她从小城走向世界的故事，至今仍是许多人的励志范本。多年前和她相识时，我还和小伙伴在自创的教育非营利机构里摸爬滚打。那时候，常常笑自己——"别人摸着石头过河，我们连石头都没得摸，下一脚踩下去是啥，都没人知道。"

她曾见过我们几个初生牛犊一脚踩下就深陷泥潭的时刻，她的真诚和成熟让我信任，我时不时会向她倒倒苦水，将一些无奈与愤然讲给她听。

再见她时，我已经离开了之前的机构，虽然偶尔还会为其摇旗呐喊助力一把，但多半的心思都向内收了。聊起近况，我说到自己这几年在做的正念生态疗愈工作,谈到了自己在国内外不同地方做的正念培训以及"一对一"辅导工作。

"婷婷,做了多久了?"她问。

"有五个年头了吧。"我答。

"按一万个小时定律,你这投入还差着些啊。"她说。

我瞬间变得小小的,头脑里一个严厉的声音传来:

"就是,你看看你,你自己尊敬的老师往往静修多年,而你,才五年,就在教别人。你太急于求成,太好为人师。"

一个刹那,童年的黑包公复活了

她的声音里没有评判,而反馈到我的头脑里,却声色俱厉。我知道是我头脑里那个苛刻的法官被激活了。

那个法官,像个黑包公,表情严肃,刚正不阿,只会评判,不会夸奖。

我对他又敬又怕。这么多年,我都极力做到最好,就是怕他发威,怕他数落——

"你做得太差了,你看看人家……"

"你看,这么简单,你怎么还不会?"

我最怕的,是他一边摇头,一边叹气——

"你太让我失望了。"

为了不让他失望,我从小好好学习天天向上;为了不让他失望,我事事争第一要给他争气;为了不让他失望,我做事小心翼翼生怕犯错;为了不让他失望,我噙着泪水再把眼泪吞下。

我知道,黑包公的存在,让我做到了很多别人做不到的事。像我这样小城出生、没有家世背景的孩子,如果不是为了"讨好"黑包公,如果没有那股子冲劲和坚持,或许没有机会去见识这个世界的精彩和多元。

同时,我也知道,黑包公的存在,在很多年里,都让我以为——

"我得是最好的,才有可能被爱。"

"我不可以犯错误。"

"如果我让人失望,那就是我失败了。"

那是蜕掉一层皮,不是脱掉一件衣

庆幸自己在二十几岁的尾巴上,因为痛苦至极,给自己这样没日没夜"讨好"黑包公的人生按下了暂停键,也因此有机会进入了现在这一辈子。

在这一辈子里，我的很多缺失经验（missing experience）得以补全。

正念、自然、疗愈……这一切都让我进入了一个崭新的世界。

辞旧迎新，听起来多么让人欢欣鼓舞。无数鸡汤文里也反复强调："你要放下过去，才能拥抱现在、迎接未来。记得哈。"

该死的，听起来放下过去比剥香蕉还容易，但没有人告诉我，除下认同了一辈子的身份标签，重新开始，有多疼、有多难。那是蜕掉一层皮，不是脱掉一件衣。

就好比怀孕生产后的妈妈，会让我们看到宝宝多乖巧、母子多慈爱。朋友圈里的一些新妈妈会展示产后瞬间恢复的玲珑身材，出于好心也会时不时鼓励我："生吧，生吧！生了，人生才完整。"就像鼓励我去试试餐厅里的新菜品那么简单："去试试他们家的汉堡吧，太美好啦，吃了人生才完整呐。"

可是，却很少有妈妈告诉我："你知道吗，生完孩子，我的身体虚弱了许多。""真的好痛好痛。""我好担心我这一辈子都会这么胖下去。"……

然而，那层皮终究还是蜕下了。蜕下了头衔，蜕下了光鲜，也蜕下了纠缠，蜕下了牵绊。

在这一辈子里，我的功课是：练习放慢脚步，重视人与人之间的真诚联结，而非被功名裹挟席卷；不再没命地奔跑，生怕落下；欣赏出色完成任务的我，也学会欣赏犯错误的我；学会顺应，而非强求。

在新世界里，爱人和朋友在日常生活中，让我一点一滴地切身体会到：

"他们爱我，不因为我最好、最美、最聪明，甚至也不因为我善良，而是因为我是我。"

"我可能会让他们沮丧失望，但是他们不会因为沮丧失望而离开。"

"我可以成功成名、善良聪慧；也可以一无所成、调皮任性、蛮不讲理。这些都是我的部分，我的每个部分都被欢迎和被爱。"

又一个刹那，我穿梭回了当下

"按一万个小时定律，你这投入还差着些啊。"我尊敬的创业家如是说。

我瞬间变得小小的。我瞬间意识到自己变小了。

要感谢正念，一念接着一念的觉知，让我没有瞬间陷入过往惯性的循环里。

在变小和意识到变小之间的那个刹那中,我的新旧世界完成了交替——

"一万个小时定律?格拉德威尔在《异类》里提到的那个?我也特别认同勤奋和持久专注的重要,但同时天赋也很重要。虽然我只做了五个年头,但也是密度极高的五个年头。我好像这五年啥都没干,没有生娃养家,没有把钱赚够。我推掉了全球教育机构政府关系顾问的头衔,我辞去了高薪受尊敬的工作。我搬到了山里。

"因为正念、自然、疗愈是我心之所向,学这些、做这些,不存在上下班之说,也不存在放假休闲。我的休闲和工作,内容都是一样的。想学时学,想练时练,想睡时睡,想教时教。每天24小时,我生命的每一刻都在修习正念:学习、静修、实践……有时候,我连梦里也在操练着灵感,去捕捉逻辑之外的思绪。

"这是老天爷赐的饭碗,我接住了。在感恩的同时,我也要对得起老天爷。哦,对了,我也有可能让老天爷失望。不过,如果老天爷真要失望,我也不害怕。因为我知道,老天爷就算失望,也依然爱我。"

黑包公的原型及转型

好吧,我招。

我的爸爸退休前是一名纪检监察工作人员。他最擅长的,是在炽热的白炽灯下,拷问贪腐官员。

现在,爸爸退休了,他也刚刚学会了一句话(不知道谁教的):"我最爱的女儿,只要你开心,爸爸就开心。"

那我就继续努力让自己开心去啦,老爸。

谢谢你曾经的严厉,也谢谢你如今的温和。

让我笑不露齿的，
让我苹果肌发达的

故事要从我打小喜欢啃骨头说起。

我妈说："骨头补钙，多吃它你的腿才不会疼。"那些年像柳树抽枝一样疯长的我，腿总是抽筋。有一次蹲在田里捉菜青虫捉得太认真，没想到两腿一起抽筋，几乎是爬着回了家。打那以后，我就迷上了啃骨头。

啃啊啃，啃啊啃，啃到了掉门牙的年纪。我妈开始担心："少啃点骨头啊！小心长兔子牙，看你以后咋办。"以后的事情以后办，我还是美滋滋地照啃不误。于是，悲剧如期而至，我拥有了两颗硕大洁白的兔子牙。看郑渊洁童话里鲁西西一点点变成兔子，我都会默默地掉眼泪。当时，我满心想的都是"这辈子完了"。

于是开始坚持笑不露齿，一直捂嘴到了初中。大笑婆的本性被我捂得严严实实，只有最亲密的女朋友才会看到我大笑的样子。

在别人眼里，我就是个安静乖巧的女学生。有一天课间，坐在我前排的男生又扭头找我说话。忘记他说了什么，总之我哈哈大笑，完全忘了要捂嘴！他惊叫："你，你，你怎么张大嘴笑，女孩子笑的时候不应该露牙齿的！"

其实那时候我的脸已经基本上像盆一样大了，兔子牙充其量也只是比较大的门牙，但自己还是有些心虚。我分明听到了他的潜台词："我本来还挺喜欢你，可你笑的时候嘴那么大，我还怎么喜欢你啊。"和那个小男生，后来也还没开始就结束了，或许我和他心中那个笑不露齿的大家闺秀之间隔着相当的距离吧。

这段故事十多年都没再想起。直到最近，一个培训快结束时，一个英气逼人的中年白人深情款款地向我走来，加入了我和几个国内朋友的谈话。他看着我的眼睛说："你笑的样子很好看。"我心想："长这么帅，搭讪的功夫怎么这么一般。"

没想到哥们儿还有后话："我能问一下，为什么你笑得这么美，却要捂着嘴吗？为什么你们都捂着嘴笑，中国人都这样吗？"我和几个同胞面面相觑，然后哈哈大笑。

我在捂着嘴笑吗？难道我又开始"笑不露齿"了？

这些年，在给国外学生授课的课堂上，我爽朗的笑声曾穿透教室，让隔壁班的学生下课后好奇地伸头张望，找到我说："胡老师，我好想上你的课，你们说什么呢，这么好笑？"

后来才意识到，那天我和几个朋友聊天时，她们捂嘴笑的样子激活了我脑海里的习惯，我就无意识地又捂嘴笑了。想想在国外学英文的日子里，最难为我的不是背单词，也不是练语法，而是怎么把单词的音节咬圆，怎么不把句子的抑扬顿挫说得阴阳怪调。我曾经问过母语为英文的朋友："你觉得我的英文发音最大的问题在哪？"他说："你说话时，面部表情没啥变化，嘴动的幅度也小，句子重音又不明显。"

哥们儿够直接的，也说得有道理。上过不少课纠正口音，不是不知道元音怎么发、辅音怎么发，问题是一开口，潜意识中多年浸淫下的文化教育就施威了：你是女的吗？女的不该是柔声细语、浅笑低吟的吗？

柔声细语、浅笑低吟，又怎么能像纠音老师教的那样："发R的音时，把脸部肌肉给我绷紧喽，把整个嘴伸出去，再伸出去，从侧面要能看出很大的幅度。很好！"

穿梭于不同文化，我在有意识无意识地适应着不同的文化规则。这些经历让我琢磨关于事业、家庭、人生，"应该如何"的信念是怎样形成的，也让我质疑那些"天经地义"，在多大程度上才是天的经、地的义。我们的"天经地义"，在别人那儿是不是就是"奇怪"的信念；而我们认为"奇怪"的信念，是不是正是他人的习以为常。

或许这就跟豆浆应该是甜的还是咸的一样，说到底，自己喜欢就好。

对不起老妈,
我还是要做回没有章法的野孩子

"你也有孩子了吗?"

"没。我有只狗,名叫娃娃,九岁。它一个野孩子就够我照顾的了。"

"多好啊,能永远做个野孩子。"

一个句子把我送进了作文补习班

在被驯化成"作文大王"前,我因为不会写作文而让我妈大伤脑筋。

我的作文补习生涯,从硬着头皮参加小学作文比赛开始。

什么名次都没拿着,这我一点都不意外。我意外的是,我妈被叫到了学校:

"你这孩子太早熟,得管管啊。"

我不过是在作文比赛中,用"容易"造了个句子——"当官的做事很容易,不像我们老百姓。"

我妈笑着向老师赔不是,接着就忙不迭地每周带我参加作文补习了。

那时候,人们一周工作六天。

每周六傍晚,我妈就吭哧吭哧骑车带我去河那边的作文老师家辅导。

"恁说说,这孩子咋办,啥时候能开窍呢?"

我妈总着急,作文老师是个退了休的语文老师。她倒挺平静,看看我,一脸自信。相信她早已有了办法,把我掰到正路上。

我拿作文无可,我妈又拿我奈何

作文老师家门前有一条河,在我不会写作文的时候,河水还清,鱼虾也多。

傍晚时分,河岸上隔几米就蹲着个钓鱼的男人。其实他们是坐着的,小马扎矮,远远看去,他们都像蹲着高难度的马步。

我还记得语文老师讲到《翠鸟》那一课时,带着我们去河边守过翠鸟。

看翠鸟的地方，离作文老师家很近。踮起脚尖，就能看到作文老师家的那栋老楼。我提起脚跟，又迅速放平，看看同学们没有再看我，这才放心。我害怕有同学问："你在看什么？"我不想撒谎。可是如果要告诉同学，我在那栋老楼参加作文补习，因为我妈说我没开窍，那得多丢人。

如我妈所愿，我开窍了

只要功夫深，铁杵磨成针。世上无难事，只怕有心人。吃得苦中苦，方为人上人。我妈盼望着，盼望着。

终于有一天，我，开窍了。

我学会了主题要升华，立意要深远，寓意要深刻，睹物要思人……

我那时被训练得走火入魔，连看见一个大肚子花瓶，也要求自己非找出它教我的道理：嘴小肚大，啊，多么伟大，花瓶是在教育我们，要虚心好学，肚里有货。

我越来越会写作文，记性又好，各种名人名言张口即来。

我的作文开始屡屡被老师贴在教室后面的黑板报上，很多句子都被老师用红笔波浪线勾出来，提醒同学们要认真欣赏。我的作文字迹工整，段落分明，中心思想清楚，最后还有主题的升华，而且通篇一个错别字都没有——被我妈检查出来的错别字早就被"消字灵"改得干干净净。

我被光荣激励着，写的作文被夸的次数也越来越多。

我看《童话大王》的时间渐渐被作文书占满。

她的松针煮酒，我的猛犸

语文课上，老师又念起了琳的作文。

我有点坐不住。

怎么又念她的？我的呢？琳的作文被贴在后面黑板报上的次数和我的不相上下。

突然，琳作文中的"松针煮酒"这个词映入我的耳朵。

松针？煮酒？她怎么知道的？她见过松针吗？她煮过酒吗？

下课后，从琳的同桌那里打听到，琳看很多台湾作家的书，其中有个作家，叫简媜。

那天放学，我冲出学校，一口气跑到新华书店，用买酸梅粉和跳跳糖的钱买了简媜的书。在她的书中，我又一次看到了"松针"："三世一心的兴观群怨正在排练，我却有点冷，也许应该去寻松针……"书里的词很美很哀怨，可是我怎么也读不下去。不知是因为这美超出了我的审美，还是简媜的风格已经被琳占有。

我开始猎艳搜奇，寻找各种美好的句子，抄下来，背下来。

我的作文又一次被贴到了教室后面的黑板报上。同学扬下课时走到我的课桌前，下巴上扬，一脸不服气："猛犸，你见过猛犸吗？你从哪里知道的？"

我被问得浑身发紧脸发烫，毫无招架之力。"猛犸"是这次作文中我用的词。那天接下来几节课，我如坐针毡，像那个春节偷我家母鸡的小偷，被邻居抓了个正着。

我又一次想起了"松针煮酒"。而"猛犸"，是作文书上一首诗中的词语——美好，但不是我的。

我终于成了训练有素的作文大王，作文被传送翻看，可我心里明白：那些漂亮的作文里，有多少字句并不属于我。有多少时候，这个头脑只是他人思想的跑马场；有多少时候，我只是思想的矫情记录者。

而我本人，并不在场。

对不起老妈，我还是要做回没有章法的野孩子

你究竟为什么写作？如果思想不是我的，如果句子和词语不是我的，那写作为何？

"写作是为了给灵魂一个出口。"头脑里某位名家的句子又蹦了出来。我大口大口呼吸着，想把满天云朵都吸进去，让它裹绕着我的心肺，把僵化的语言经验洗洗干净。

用了整个少年，我成了字句美好但我并不在场的作文大王；用了整整十年，我才回归写作，允许简单字句从我心里流出。

我打算用这一生，给这颗心撒野的许可，用它原始的方式歌唱，让自然万物顺着指尖，流出来。

窗外，雨停了。白花洒落一地，扭脸向着阳光。风来了，它们晃晃；雨来了，它们躺躺。

第二章

胡·萝卜·娃*

* "胡萝卜娃"为本书作者给全家人取的统一昵称。"胡"即"胡婷婷","萝卜"为丈夫 Rob,"娃"为小狗"娃娃"。

爱
不徒劳

爱绝不徒劳

娃娃从小到大都"圆"——胖乎乎的它，爱睡觉，爱啃骨头，爱晒太阳，最爱在太阳下面眯着眼睛啃骨头。平日里慢腾腾，一到林子里就撒欢。

那天在山里，我和萝卜边走边聊，一扭头，娃娃还在远处的杉树下闻味儿呢。我蹲下，张开双臂等它。娃娃看见我注视着它，像颗巨型大白兔奶糖一样向我飞来，四爪齐舞，地上的尘土溅到杉树间隙的光束里。娃娃在奔向我，身旁的萝卜安静地牵着我的手，我们仨被葱绿包裹着。

那一刻，幸福从头到脚灌进我身体的每一个细胞，我好希望时间停下来。

和很多人一样,我常常在幸福时,有一丝淡淡的忧伤,担心幸福会消失掉。有时候看娃娃晒太阳睡大觉,我会趴上去确认一下它的肚子有没有起伏;有时深夜睡不着觉,听着先生平稳的呼吸,觉得心安,但如果有一两个呼吸没接上,我就会心里一惊,侧耳再听;甚至我们手牵着手在沙滩上看夕阳入海、星月升天时,也会有些小伤感:不知道哪天我会孤身一人来这里怀念。和先生年龄的差异,让我对于生死别离提早有了许多深入思考。

萝卜也是。从我们结婚起,萝卜就开始准备遗嘱,把需要交代的后事一一列在文件里:财产怎么分,税要怎么交,车要怎么打理,管道坏了给谁打电话……他全都整齐列好。

有一天,萝卜一个人在书房里皱着眉头写东西,我好奇地问他:"写什么呢,表情这么痛苦?"

"你别说,在活着的时候设想自己死后的安排,还真挺不容易。我刚列好了所有来访者的电子邮箱,如果哪天我突然离开,你记得给我所有来访者群发一封邮件,告诉他们从今天开始,和我的个案需要停止了。"

我深吸了一口气:"如果太沉重,就改天处理吧。别太辛苦。"

"那可不行,婷婷,我不希望如果哪天我先离开了,给你留下一堆麻烦,让你抓狂不知道该怎么办。那太不负责了。"

"那你最好别先离开,否则以后谁当我的司机、谁吃我做的菜、谁当我的听众、谁跟我一起遛娃娃呢?"我撒娇耍赖,眼睛却湿润得厉害。

我知道萝卜的用心和他负责任的爱。年龄的差距,让我俩更清晰地知道:相聚有时,总有一人要先走。

我比葫芦画瓢,学着萝卜一样列好了遗嘱,把自己在乎的人、在乎的事作了交代:葬礼邀请什么人;捐赠的长椅放在哪个花园;那点儿财产怎么分;如果我俩都不在了,娃娃托付给谁……

我和萝卜在生、死、爱的基本问题上,想法很一致。我们都想做好准备,然后放下,全情去爱。因为彼此可以谈论死亡,所以我们可以更坦然地爱,也更珍惜在一起的分分秒秒。有朋友找我谈合作,谈国内发展的大好机会,激励我不要虚度光阴而错过这千载难逢的时机,应该回国大干一把。我在电话这边安静听完,温柔而坚定地谢绝:

"谢谢你的信任。不过,我很热爱现在的生活。我想,现阶段,我和先生都想更多地陪伴彼此。"

千载难逢的不是机会,而是生命。

早些年,我一心想要更优秀、有更大影响力,这拼搏背后,是我内心巨大的不安全感。而现在的我知道自己很安全,我只想好好爱：爱娃娃，爱先生，爱花花草草，爱自然，爱我生命里有幸相识的每一个人。朋友说回国发展有机会让更多人认识我，其实生命中会遇到一百个人，还是一百万个人，对我来说已经没有本质区别。

我知道，我和萝卜不会总这样徒步登山、健步如飞；我知道，我们不会总精力充沛、周游各国；我知道，我们不会总有这样的好胃口，一家一家尝试不同口味的菜肴……所以，每一次，我都当作生命中最后一次去全情享受。有时和萝卜发生争执，我会在心里问自己："如果这是我们一起生活的最后一天，我还要不要说那些赌气的话？"

爱是陪伴

娃娃呼哧呼哧跑到我身旁，挪好位置，确认自己的脑袋在我的手掌下，一边被摸着，一边伸着舌头喘气——这是我俩之间的"小狗快跑，妈妈抱"的游戏。九年了，这一个游戏，娃娃从来没有厌倦过，每次玩了之后，它单纯喜悦的眼神都告诉我："妈妈，我还想玩，我还想玩。"

我笑望着喘粗气的娃娃。不过是从那棵杉树跑过来，七八米的距离，娃娃活活跑成了百米冲刺的效果。腿短实在是很辛苦。

我正要起身，突然留意到娃娃舌头左边，长了颗什么东西，我从来没有见过。我把娃娃抱到怀里，坐在树根下，掰开它的嘴检查。

那是一颗米粒大的肿瘤。那一刻，我还不知道，接下来，我会跑遍方圆百里的所有兽医院。

挂号，检查，诊断……挂号，检查，诊断……询问了好几位兽医，大家都建议做手术切除肿瘤，以免病变。

手术会很疼吗？有危险吗？它体形这么小，打麻药有风险吗？这是癌症吗？会复发吗？除了这样一遍一遍地问，我不知道还能做些什么。我试图从医生说话的方式，医生检查娃娃时的姿势、表情、速度判断哪一位最靠谱，哪一位我可以把娃娃交付。

如果真的要做手术，我一定不要留遗憾，我一定要找经验丰富、动作轻柔、爱小动物的医生。

娃娃在我怀里坐立不安，它从小就害怕医院，我知道它想回家。

那一刻，突然觉得自己好无助。我能通过很难的考试，能知悉很多知识，能做许多高难度的工作，能攻克很多难关。可是，我无法确定，哪一位医生可以确保娃娃手术后能平安醒来。

想起妈妈至今仍有的愧疚："唉，如果当时你姥姥的手术放到武汉去做，说不定还有一线希望；如果不做手术，癌症说不定也不会扩散得那么快。"

我知道这些"说不定"是妈妈永远的遗憾。我知道这遗憾背后是妈妈对姥姥离开的不舍和怀念。在姥姥生病前，两人之间除了生活上互相照顾，情感上的芥蒂似乎并未消除。但是如果姥姥真的还活着，妈妈会花时间和姥姥谈心吗？

我们谁都不知，何时生、何时病、何时死，可我们每个人都知道什么时候自己活着。怎么活、和什么人在一起、怎么度过自己生命中的每一个呼吸，是比做什么工作、赚多少钱、什么时候结婚更重要的问题。

我也不知道我命运的地图，不知道萝卜、娃娃命运的地图。但我知道一件事，在我依然拥有时，全情去爱。

我不再为了自己，
给你买玩具

住在北京时，娃娃有一大箩筐玩具：毛绒的、橡皮的、绳编的、线编的，小猫、小浣熊、小白兔、小鸭、小松鼠、长颈鹿……

那时候我总出差，一出差就是十天半个月。想到娃娃独自待在小窝里，从黎明日出到月明星稀，我就心酸，觉得亏欠得很。因此，每次出差回家，我都会给娃娃买一个玩具。精致的、进口的、越贵越好。似乎越贵，就越能把我未能陪伴的内疚减掉。

加班回到家，甩掉高跟鞋，把包丢到沙发上，我的第一件事就是瘫坐在地毯上，把娃娃的玩具统统撒在地上，声情并茂地叫它来玩——

"娃娃，娃娃，快来呀！"

"快看！你的小白兔！多可爱！"

我就像幼儿园阿姨一样，抑扬顿挫兴奋地引娃娃来。

娃娃从一脸的生无可恋，到开始慢慢晃尾巴，再到晃动频率越来越高，然后终于忍不住从小楼梯上一阶一阶跳下来，冲着小白兔开咬。娃娃开心了，我也释然些。那时候，总怕有一天娃娃不在了，我会后悔自己没有多抱抱它、摸摸它、亲亲它。我总觉得陪它的时间太少，所以想用各种办法补偿它。

我忙成一锅粥，却没有时间给我所爱的一切。

我心里清楚，我不能再等下去。不能明知会后悔，却劝自己将就。我需要按照心里的优先级来安排生命。将就的感情、将就的工作、将就的生活方式，我可以统统不要。我可以在任何时候，归零重启。

归零重启的我，搬到了山里。写字时，娃娃就趴在我脚边晒太阳；种花时，娃娃就在草地里捉蝴蝶、苍蝇，在树下仰头看松鼠；做个案时，娃娃就挨在我旁边睡觉。有时候它似乎是梦到了什么，小爪子直蹬。我摸摸它脑袋，它才会又回归平稳的呼吸。

出门时，它总在我怀里。路人见了它娇宠的模样，总会上来打招呼：

"它太可爱了，我能摸摸它吗？"

"它好软啊，我没有见过狗萌成这样。"

我和娃娃几乎形影不离。我再也没想起要给娃娃买玩具。

现在娃娃的玩具天天在变。有时是一根枯树枝，有时是风中摇摆的黄色蒲公英花，有时是松树上落下的大松果，有时是花间飞过的一只蝴蝶，有时是太阳下自己尾巴的影子。

在狗公园里，娃娃总躲在公园大石头的角落里，看着长腿大狗的主人下令："Fetch！"大狗就如脱弓之箭一样开始冲刺，一跃而起叼上球或飞盘，再冲回主人面前乖乖坐下，等待一声"good boy"或"good girl"，周而复始，好像总也不累。它们精力太旺盛了。

娃娃看久了，好像也有些跃跃欲试。它开始像模像样地追球或树枝，我以为它想学习新技能，激动地全力以赴支持它。我注意到，它啃树枝的时候，得有人欣赏，否则它会啃得没劲。另外，我在旁边要时不时做出上去抢树枝的动作，这样它才啃得更欢。我一动手去拽，它就咬得更紧。但是，等我终于把树枝抢过来，要进行核心练习"fetch"时，它却不守规则，在我脚边跳，想把树枝抢回去。它不到我的膝盖，所以跳也没用。等我把树枝扔到四五米远的地方，它就一跳一跳地跑去找，但因为嗅觉不灵、眼神也不好，树枝往往好久都找不回来。万一这个时候再飞过来一只蝴蝶，娃娃又会立刻被吸引，而树枝就会被彻底忘掉。于是，得换我去找。

几个回合练下来，我常常腰酸腿疼，得到了很好的锻炼。那时我才明白，在这个游戏中，我才是长腿大狗。

草地上每天总会新落下些树枝，有些长，有些短，有些像弹弓。我们每天都会玩一会儿丢树枝的游戏，不辜负娃娃锻炼我的心意。

娃娃也坐在那儿，眯着眼，气定神闲；我瘫坐在草地上，喘着粗气。突然想起娃娃在北京那一箩筐的玩具，不知道它们现在在哪里。

娃娃已经不需要拥有玩具，它的玩具每天都是新的。我也不再需要为了自己，给娃娃买贵的玩具。自然赠予了娃娃和我，最好的玩具。

不盼望着占有更多的我们，拥有着彼此，也拥有着一切。

山火，停电，
离家，流浪

这些天，山火蔓延，风势强劲，家中已停电五日。

在停电的日子里，洗碗、做饭、洗衣、吹头发……这一切再寻常不过的日常，都成了奢望。电动牙刷也开始闪烁，提醒我它快没电了。

就这样，每天开始变得新崭崭的，我竟然有点小兴奋。

前天，我坐在警察局旁边临时搭建的白帐篷里，和几十个人一起在电源旁边给手机、电脑充电。不时有志愿者前来询问，是否需要矿泉水和食物——我真真正正体验了一次做难民的感受。

这里有自己的发电机，所以电没有停。许多人挤在厕所旁、坐在满地的南瓜旁，充着电。

陌生人之间，因为停电的话题，聊了起来：

"好久没有睡得这么香。"

"好久没见到这么密的星星。"

"社区终于像社区了。热闹!"

小朋友们坐在路边的太阳下,跳舞唱歌。没想到还有这免费的演出可看。

昨天正熟睡时,收到电力公司刺耳的警报:"要做好离家准备,火还没扑灭。"我想了半天,似乎除了娃娃和护照,没什么一定要带的。萝卜在一旁提醒我要带两件换洗衣物、牙膏牙刷。我就又装了两件。

拎着空空如也的小箱子,我们并肩站在木屋门口。

"如果这是看见它的最后一眼,你会有什么不同的决定吗?"

"没有呢。"

"确定没什么要带的了?"

"嗯……"我又扫视了房屋一周,衣物、壁画、资料、装饰品、书籍……"没有呢。"如果火真的来了,算是帮我断舍离了,而且断得很彻底。

锁上门,我提议:"咱们跟它合个影吧。"于是"胡萝卜娃"和木屋自拍了一张,背景是那条熟悉的山中小径。

* * * *

"我会想念咱们亲手种下的花花草草。"

"我也是。"

海芋长得有半个我这么高了；两棵桂花树羞羞地挂着三两朵桂花；杜鹃叶子肥肥的，比买来时已经大了两倍。还没到怒放的季节，也不知道它们是否还有机会。这些离不开生它养它的土壤的植物们，也躲不开水与火的洗礼。

这是不是我们最后一次看见小木屋？

我们说了不算，大自然说了算。

如果这里真被烧得一片荒芜，变成了荒草地，那我们就一砖一石一花一草，再造一个木屋出来，按我们梦想的样子。

娃娃开心地在我怀里摇着尾巴，它知道这又是一段旅程的开启。它这一生跟着我已经搬过不下六次家：大的小的，城市田园，国内国外……它比谁都清楚，只要有妈妈，哪里都是家。它对我的信任，也让我丝毫不敢懈怠，不愿辜负。

哪里有爱，哪里就是家——这一点，我们一起说了算。

萝卜打开车门，放下箱子。今晚的我们，打算流浪到朋友家。

明天呢？如果有明天，明天去哪？我们还不知道。

我摸了摸背包里三毛的《撒哈拉沙漠》，期待着今晚点着蜡烛，读完后半本。

胡萝卜的
农场梦

我和萝卜都有个农场梦。

上半年接连参观了好几个朋友的农场,我们的农场梦也开始做得越来越频繁。

每天晚上,我俩都会坐在沙发上,看会儿正在出售的农场和农舍,讨论着究竟要养几头水牛和黑脸小羊,牛奶太多喝不完怎么办。

"要养几只牧羊犬呢?一只能照顾过来那么多小羊吗?"

"要不就派娃娃当副手去牧羊吧。"

"哈哈哈,小羊怕是会踩到娃娃吧,哈哈哈。"

我的桃花源梦从来就没醒过,总想着溪流旁落英缤纷、芳草新鲜,肥嘟嘟的母鸡满地咯咯嗒嗒地找虫吃……

萝卜想种苹果树,那酸甜酸甜的果儿,他总也吃不够。我们规划着溪流旁是桃树在左，还是苹果树在左。或者混搭？反正桃花、苹果花都是一样的粉嫩。

可农场在哪呢？我们也不知道。农场里的农舍却已经在我梦里勾画好了。

"要有大扇大扇的玻璃窗，这样不会遮住光，晨曦、夕阳、云朵、银河可不能错过……屋顶要高高的，不然透不过气来……浴室不用大，但浴缸不能小了，那样每天的泡澡时间该多美好……屋外要有水流，不管是溪流、河流还是大海，要可以听见水声……花园可不能少啊，每个季节都有斑斓的色彩和香气……"我躺在沙发上跷着腿，美美地造梦。

"我知道你说的这房子在哪，我见过。"

我一跃而起，"哪呢？！"

"国家森林公园，露天的，风景好着呢。"萝卜逗我。

"也是哈。好像我想住的根本就不是房子，而是天地之间。"

我和萝卜见过离我们梦想最近的农庄，是在一幅画里。我确实想住在没有人烟的自然里，青草地、有风吹过刷刷作响的树林。白天和梅花鹿、小灰兔做伴，看清晨的水仙顾影自怜，看正午的玫瑰盛开，看夕阳下的薰衣草紫成一片。

我依然时不时看着各地售卖农场的信息，直到昨天——

"萝卜萝卜,我终于找到咱们的农场了!"我兴奋地把萝卜拉到电脑前,"你看你看……农场主是个药草家,除了土地,她还有这么大的花园,种着八百多种药草呢!鼠尾草、迷迭香、莳萝、百里香,我都数不过来……"

"听起来不错呀,房子怎么样?"

"嗯……有点旧,不过没关系,咱们可以经常在外面待着。"

"多少钱?"萝卜问。

我看了看价格,吐了吐舌头。这么旧的农庄,这个价格,确实贵了。

去看电影的路上,我时不时念起这个农庄。

"可以眺望大海,多美啊!是不是?"

"朝着西边,有夕阳看啊!"

"深藏在林子里,多安静。"

……

萝卜终于忍不住了:"告诉我,那个农庄真正吸引你的是什么吧。"

我斜瞄了他一眼,还是被他看穿了心思。

"满园子八百多种药草啊。可以满足我对药草的全部幻想了。"

"花那么多钱，只为了屋外种的药草，是不是有点……药草咱们可以自己种啊，是不？"

想想也是。

反正我天生是个爱做梦也敢做梦的人，这个药草梦，也让我美了整整一天呢。

电影院里上映的是朋友推荐的纪录片《最大的小小农场》。开场五分钟我就哭了，女主人公的梦，也是我的呀。八年时间，他们夫妻俩把一片荒芜化作了一地繁盛。

电影快结束时，萝卜在一旁抹眼泪。回来时我问他被什么感动哭了，萝卜说："建设农场经历了那么多挫折和挑战，最后女主人公端上来的那盘沙拉，看起来真的好新鲜好好吃呢。"

两个怪人，继续做着梦，也互不嫌弃，还求什么呢？

胡,萝卜,
娃

萝卜也回家了。他和我一样,这几天因为时差,睡得颠三倒四。

结束了在奥克兰的工作后,回到家,我累瘫在沙发上。身体散了架,脑子还在飞转,想写作。

萝卜知道,我写作时全神贯注,不喜欢被打扰。他忍住想和我聊天的冲动,跑去谱曲弹琴。

木屋窗外的风铃偶尔作响,此外,便是宁静。不时有萝卜的琴声和我打字的声音。

我敲着字,内心柔软得像一朵棉花糖。萝卜弹高兴了,从钢琴前站起身,一边给娃娃按摩,一边自己唱起来,陶醉得很。一会儿,娃娃呼呼睡着了,萝卜就给娃娃即兴哼唱了一首"娃娃之歌",简单的小调重复着,像首摇篮曲。

这一切成为我舒缓的写字背景。我一言不发,手指在键盘上舞动,边打边念边琢磨。

萝卜或许是唱累了,他跑到我身后,开始给我编小辫。

我依然在打字,没理他。突然觉得左边头皮被揪得有点痒,挠了一把。

"小心!"萝卜声音提高了些,"别把我的艺术品挠坏了。"

我抿嘴一笑,摇了摇头,还是没作声,继续打着字,手指飞舞。

不知什么时候,萝卜给我编好小辫子,心满意足,紧挨着我坐下了。又不知过了多久,身旁的呼噜声响了起来。

我轻轻抚摸着呼呼入睡的萝卜,看着沙发上时不时从梦境里伸出小蹄子的娃娃。

胡,萝卜,娃——这是我的家。

从家出发,我有勇气去任何地方。

萝卜说过,他很遗憾,写作对我这么重要,他却看不懂中文,无法和我同享这份乐趣。

他不知道,我的文字中满满都是他。

那些娃娃
教我的事

小狗娃娃，它是吉娃娃与巴哥犬的串种。它保留了吉娃娃依赖人的天性，摆脱了爱叫爱斗的脾气。我和娃娃相依为命的那些年，它教了我很多。

开心是常态

只要醒着，娃娃的尾巴就会一直摇。我说："娃娃啊，你怎么总是这么开心？"它圆溜溜的眼睛盯着我，像是在说："妈妈，需要理由才能开心吗？"

束缚不要，自由才好

我给它买了不少漂亮衣服。没想到，娃娃一穿上衣服就瞬间石化，定在原地一动不动，像个狗雕像。衣服脱掉，立马复活。对娃娃来说，衣服穿上漂不漂亮是别人的评价，对它来说，自由自在才重要。为什么要把自己限制在别人的评价里呢？

为什么"应该"和其他狗一起玩？

娃娃不喜欢和其他狗一起玩。我开始总鼓励它多点社交，怕它自闭。后来发现，它的开心都来自自然，而不是社交。小鼻子仔细地闻落叶，嚼一口蒲公英的小黄花，或是凋落的月季花瓣。有时候还会找个臭虫跟踪一下，抓个蝴蝶什么的。虽然有时未必如愿，但它极享受那个过程。看它观察事物的细密劲儿，我也总是会慢下来，去感受落下的叶子，去体会一阵卷起的风，去留意趴在月季上的胖蜜蜂。

见强则弱，以柔克刚

见到金毛、萨摩耶等庞然大狗时，娃娃会自动倒地，敞开粉色的小肚皮，配上无辜的小眼神。我有时候问它："娃娃，你怎么那么勇敢，把最柔软的地方暴露给那些大狗？万一大狗咬你怎么办？"娃娃不睬我，摇着尾巴扭着屁股跑开。其实这么多年了，没有一只大狗欺负过它。娃娃自有它的坚信，自有它的理由。

我知道自己要什么

娃娃为数不多的几个"男朋友"都是泰迪。它和"男朋友"相处的方式很淡然，但你知道它总是主导着关系的进展。娃娃表示喜欢的方式很含蓄，不管"男朋友"多么疯追，它都会继续走自己的路，从不贪恋。

我不喜欢剪指甲、洗澡和小朋友，掏耳朵、梳毛毛可以

娃娃清楚自己的好恶。

我拿起指甲剪，或是放水要给它洗澡时，叫它一万遍它也听不

见，躲在小窝那委屈的样子让你觉得自己像个刽子手。但你要是拿出小棉签给它掏耳朵，不用叫，它就会乖乖趴在地毯上，等着你去。

院子里的小朋友爱娃娃爱得不行。有的为了见娃娃一面，就一直在楼下大堂等娃娃出去。但娃娃不领情，它对小朋友有些戒备。我后来慢慢明白了娃娃为什么见到小孩就绕道。因为在娃娃看来，小孩喜怒无常、不知轻重，而娃娃自己却喜欢平和安全的气场。

吃饭的时候就享受吃饭

喂它时，我会先放狗粮，再放一粒钙片、一些钙粉、一些鸡肉碎，然后用温水拌匀。它呢，不急不躁，静坐一旁，保持作揖的姿势，直到我把碗放下。眼神跟随着碗的虔诚，像是注视着它的命运。饭碗放下来，娃娃并不会狼吞虎咽，而是会先慢慢喝汤，再吃鸡肉碎，然后嚼狗粮，最后嚼碎钙片。它一粒一粒地咀嚼享受，它吃饭的态度让我觉得它的饭好香。

不能强求别人，我就管好自己

我们的规律是，娃娃和我一起起床。但不管我多晚睡，它到点了就会自己到床上去睡。其实一开始也不是这样的,它跟着我不睡,总是困得哼哼。后来可能发现我冥顽不灵不听劝,于是调整了原则,自己到点就先去睡。

人是善良的,棍子是好的

娃娃很亲人,除了那些总想抓它尾巴的小孩子,它见到人都会扭着屁股围上去,露出粉肚皮。我故意拿着竹棍在它脑门上晃,它也没有躲开的意思,依旧摇着尾巴。有时候我会恍然觉得自己握着它的命运,因为它对我充满了全然的信任和爱。在它的"狗生"中,没有伤过心,没有被棍子敲打过。对它来说,人们都会像我这个妈妈一样爱它,棍子和其他玩具也一样。

我相信总有一天你能听懂我说话

看书时,娃娃就趴在我腿上;或是坐在躺椅旁,安静地看我的脸。有时,很久我才会察觉它的注视。这时,它就会欢喜地摇尾巴,像是高兴自己终于被我注意到了。有时我出差很久,一回家,娃娃就会兴奋地转圈,甚至会激动地滴几滴尿。

它会嗷呜嗷呜地说话，抑扬顿挫说很久。我总提醒它："请讲普通话，妈妈听不懂你在说什么。"但这似乎一点都没打击它学习说话的动力。有一天我好像真的听到了，它说的是："妈妈，我好想好想做你的宝贝，但你总没决定生小宝宝，后来我就投胎做小狗了，我想在你身边。"

娃娃对人全然的信任，还有那种发自内心的欢喜，也让遇见它的无数陌生人驻足微笑，夸奖它，给它爱。听到别人夸它好棒时，它就会跳着跑开，摇着尾巴。相当于人寿40多岁的它，天真、感恩，对世界充满好奇，对人类充满爱。所有它的喜悦，又带来更多的喜悦。

娃娃，你就是妈妈的那面镜子。谢谢你。狗生愉快。

讨价
还价

抵达佛蒙特的第二天，我们就有了自己的车：一辆二手本田。加好油开回来，我和萝卜都松了一口气。

住在加州时，没车也还好，打车方便。可在佛蒙特就不一样了。在这里，没有车，就没有脚。齐全一点的超市，开车去也要三四十分钟。除非我们所有蔬果粮食自足，否则，没有车，就要挨饿。

车的卖家是位老太太，七十多岁了。车是老车，但被老太太保养得很好，萝卜远程指挥修车行的伙计提前把车全都检查了一遍，没大毛病。于是，我们一到佛蒙特，就把租的车还了，开上了这辆不到两万块人民币的二手车。

* * * *

我还记得我第一次听到萝卜说在佛蒙特有人要卖车给他时，

我也愣了。

"什么？谁要把车卖给你？格瑞斯的老公的妈妈的太太？！"

这关系有点绕，我消化了好一会儿才弄明白。

格瑞斯是几个月前萝卜在网上发帖找来的一位本地人，帮我们照看一些农舍的日常事务。农舍在东海岸，而我们搬家前住在西海岸，隔着这么远的距离，很多整理收拾农舍的工作难以亲自上手。再加上房东卖掉农舍时，留下了许多老物件，什么瓷器绘画、碗盘刀叉、床单被罩、木椅子木床、滑雪工具、旧门窗，还有数不清的旧书……要住进来，得要把这些都收拾利索才能下脚。

格瑞斯比我们更早看见了农舍和马厩的细致模样。我还记得电话里，她的声音兴奋中有一些惊讶："我的神啊，你们可以开一家古董店了。老旧的盘子碗啊留了一堆，光是各式各样的椅子，老房东就留了二十多把。木摇椅就有四个，坐上去嘎吱嘎吱响。还有好多其他的破烂儿！"

格瑞斯是个直性子。活儿多时，她会在电话里唉声叹气，跟萝卜抱怨："破烂儿实在太多了，从哪下手呀……你都想象不到，灰尘有多厚，我擦了有多久……我最近太忙了，还要打理十几个花园，这周只有三个小时去农舍那边，不能再多了……"

* * * *

不知道是因为萝卜脾气太好，还是因为他天生的治疗师体质，许多人都喜欢跟他说话。我们还住在马林时，超市负责布置水果蔬菜的那位不讲英文的西班牙大叔，每次见到萝卜都会激动地上来和他拥抱，哪怕是疫情期间，也不能阻止他俩互相热情地隔着口罩问好。

萝卜用勉强能沟通的西班牙语，和大叔能唠上好久。每次从超市出来，萝卜就会念叨："大叔在这里不容易啊，语言又不通，一定很孤独。""能有人陪他说上几句话，他一定很开心。""大叔是好人，很善良啊。"

"你刚才在跟他聊什么呢？"我很好奇他们有什么共同语言。

"我在跟他聊你做菜时用的'中国 numb-er（萝卜给花椒起的名字）'实在是太麻了。麻得我的嘴都失去了知觉啦。"

因为萝卜的缘故，后来大叔每次见我，也像见了亲人。他不讲英文，我不讲西班牙语，两个人比比画画，也能聊上四五句。

银行里那个有着卷黑头发的胖姑娘，每次看到我和萝卜来，都会快步迎上来，一脸真诚的喜悦。记得我刚搬到马林时，去银行开账户，萝卜第一次向胖姑娘介绍我是他的妻子时，胖姑娘像是见到了自己的亲嫂子一般惊喜。

胖姑娘打开她的钱包，一定要给我看她哥哥的照片，我比较慢热，看见别人太热情，我总是想躲。

"你看，萝卜是不是和我哥哥长得一模一样！我哥哥的妻子也是亚洲人，是日本人。我太想我哥哥了。哦，太久没见到我的哥哥了。"

我凑上去看了一眼，又瞄了瞄旁边的萝卜，咬紧嘴唇才没笑出来。

"像不像？"胖姑娘不像要善罢甘休的样子，非要听我回答。

"嗯……是有点像，有点神似。"我不忍心扫了胖姑娘的兴，应和着她。

直到从银行出来，坐进车里，我才笑出声来。

萝卜有点尴尬："我看起来真的那么胖吗？"

"当然没有！可能是你的耐心和温暖让她想起家人了吧。"

"那咱们感恩节邀请她和西班牙大叔到家做客怎么样？他们在这里估计没有家人一起庆祝吧。"

"行啊，欢迎。"

"你觉得邀请他们来，和一群治疗师朋友一起，他们会不会觉得拘谨或者没话说？"

我知道萝卜是真的在认真考虑邀请胖姑娘和西班牙大叔。

结果感恩节还没等到，我们就搬来了佛蒙特。也不知道今后的感恩节是否有机会回加州，感恩节的大餐是否还能邀请这些朋友。但我知道，虽然只搬来佛蒙特十几天，我们农舍简陋的小饭桌，感恩节也快要凑满人了：之前帮我们管理农舍的格瑞斯，帮我们锄草的丹尼，房屋中介格雷顿，小旅馆为我们提供宽带网络的杰夫夫妇，还有附近静修中心的基督徒兄弟……哦，还有今天上午，萝卜新认识的小卖部伙计……

* * * *

上午那会儿，我们正在镇上小卖部的加油站加油，萝卜下了车，我在车里抚摸着娃娃，等啊等，萝卜终于从小卖部出来了。

"对不起啊，让你等了这么久。你猜我在干吗呢？"

"又遇到朋友了吧。"我打趣他。

"对啊！你怎么知道？我遇到了一个印度人！他听到我会印度马拉第语，真的惊喜极了。你想啊，这小镇上，就五六百人，亚洲人屈指可数。这个印度朋友一定没想到，会有白人跟他用家乡话交流。"

看到萝卜开心，我也开心。看到他又为今年我们的感恩节客人名单添了一位客人，我在想着除了烤火鸡，要不要再包点饺子招待大家。

就这样，萝卜去超市，去银行，去加油站，都会捡来新朋友，而萝卜总是会开心得像个孩子:"我又要见到我的朋友喽。"

这些人里没有一个是学者或教授,也没有一个是心理学者或疗愈师,他们可能根本就不了解什么是心理治疗、冥想修行。从某种意义上来说,他们和我们活在不同的世界里。但这并不影响他们成为萝卜的朋友,又间接成了我的朋友。

就这样,我们为自己创造了一个满是朋友的友善世界。就连见到低空飞翔的野雁、地上衔食的乌鸦,我和萝卜也会大声跟鸟儿们打招呼:"你好,鸟儿,我的朋友,你好吗?(Hello, birdy, my friend! How are you?)"

* * * *

你看,连爱叹气的格瑞斯,也成了萝卜的朋友。她一听说萝卜和我打算买车,就张罗着去说服自己婆婆的爱人,把闲置的车卖给我们得了。

"多少钱?"我问萝卜。

"她要两千五。"

"那就还到两千二怎么样?"

我对车没概念,但对讨价还价挺有概念。记得当年在摩洛哥旅游,朋友们要买地毯时,全都站在一边,派我去和油滑的商人周旋。

我对生意人，一直有戒心。跟生意人讨价还价，我并没有什么障碍。既然是买卖，就各自维护好自己的权益就好了。

"两千五已经很便宜了呀。况且，她一个退休老太太，应该也不富裕吧。我觉得就算两千八买辆车也行啊。"萝卜说。

"我是不是听错了。怎么感觉你站错队了啊？"我平生还是第一次见有人这么讨价还价，"哪有自己给自己涨价的啊。咱这是在买车啊，又不是在做慈善。"我觉察到自己有些赌气，不是因为价钱本身，而是感觉自己似乎成了唱白脸不讨好的那一位。

"不是的，婷婷。不是要做慈善。我就是觉得，这价格算挺公平的了。二手车网站上，类似的车型，价格不低于这个呢。况且，在电话里，老太太听起来也很友善，而且，她又是格瑞斯婆婆的爱人。"

就这样，我被萝卜说服了。我们一分钱也没还，买了一辆二手车。去取车时，格瑞斯的婆婆也出来了，我们戴着口罩，聊了好一会儿。娃娃和格瑞斯的腊肠狗狗成了好朋友，在草地上互相闻来闻去，也不生厌。格瑞斯的婆婆呢，恨不得把佛蒙特最美的徒步路线，全都介绍给我。我们约好了，等疫情过去，她一定来尝尝我做的中国菜，不是美国中餐馆的那种，而是地道的中国菜。

我知道，我和萝卜在建构着慷慨的循环。

彼此不以利交，而是慷慨以待；不追求利益的最大化，而是在保障自己利益的同时，也为对方着想。

这个慷慨的循环，虽然不省钱也不高效，却有着浓浓的人间情谊。

搬
心

这一生,我辗转住过许多地方。就在几天前,我又完成了一次迁徙,从加州到佛蒙特州。

这还挺"我"的。翻看三年零三个月前的旧文,居住了十二年的北京,从决定到离开,我也只用了两周。

这次搬离看起来很突然,机票是离开前两天才买的;娃娃的出行手续也是坐飞机前一天才跑去宠物医院办好。我们趁着周末把家收拾干净,打算如果有人订的话,就租出去。然后,我一个大箱子,一个装娃娃的背包;萝卜一个大箱子,一个背包——我们就这样上路了。

我的行李箱里,只有一双登山凉鞋,露脚指头的那种。

这次搬离却也已经在心里"蓄势"很久——从去年就不断念及的"农场梦",到今年生日时萝卜送我的那幅叫作《静水小屋》

的画——我们一步一步，不急不缓，像蜜蜂筑巢般，造着这个梦，将它从心境化成现实。

这是个不小的工程。就像《格列佛游记》里，小人国里的臣民要移动一个巨人那样，我们也在移动一个"巨人"。这巨人并非行李，而是从一处拔起、再择一处种下的心。

我们在搬的是心。

心有它的习性，心对习性也有着深深的眷恋。这习性可能是每天清晨醒来时那杯必不可少的咖啡，或是经常光顾的那家餐馆，总是点的那道菜肴；也可能是朝夕陪伴的伴侣，吵吵合合的关系。这习性可能源自我们在混乱中仍要保持镇定的本能，它也常驱使愤怒让我们说出后悔之言……

我们都或多或少，铸造着自己的习性，然后生活于其中。有些习性，我们苦苦挣扎想挣脱，这时对习性的急于摆脱，又成了新的习性；有些习性我们死死抓住、舍不得放下，这时对习性的悉心维护，又成了新的习性。那个你爱喝的咖啡品牌停产了，那家你心爱的餐厅关门了，那个和你相处多时的人离开了，那个你熟悉的生活方式不在了……这些无常都在挑战着我们的习性。

从习性中迈出脚走出去，并不容易，尤其是从舒适的地方走出。离开加州的前两天，我的心像是浸满了雨的云，灰灰的，重重的。那种不想挪窝的慵懒，对旧居的眷恋，对未知和不确定的担心，裹挟在一起，劈头盖脸地砸来，像冷雨冰雹一样，不好受。

我甚至有些心生悔意，叹息着跟萝卜说："（加州）这里多美啊，我真的不知道咱们在干啥呢，为什么要搬家呢？"

我知道这是心在眷恋着。

在旧金山机场候机。马上就要登机时，我对萝卜念叨："咱俩真挺能折腾的，又一次把自己抛入未知和不确定里。"萝卜抚摸着娃娃，笑眯眯地说："是啊，如果不是这样一次又一次离开，我也不会去到中国，更不会遇见你。"

想想也是。两个爱冒险的人，牵着手，迎接着未来未知的一切。

其实一切都是未知的，不是吗？甚至没有人知道自己今晚睡去，明早是否会再次醒过来；也不会有人知道，皱纹从哪一刻爬上眼角，花儿在哪一个清晨绽放。

我们拼命想要抓取的，那些确保、承诺和稳定，其实并不存在。"一切都有可能。"这句话不仅意味着，一切你期待的都有可能实现；也暗示着，你惧怕的一切同样有可能发生。

而知道这一切答案的，只有时间。

我们没有在默默祈祷变化不要降临，而是在有限的生命里，主动创造和迎接着更多变化。这不正是"生"和"活"的含义吗？

"有一只小蜜蜂，飞到西又飞到东，嗡嗡嗡嗡，嗡嗡嗡嗡，不怕雨也不——怕——风——"

从波士顿机场出来时已是凌晨，空气微寒，我哼唱起熟悉的儿歌。我们像两只不停迁徙的蜜蜂，筑巢不是为了被困住，而是为了更加自由地飞舞。

抵达佛蒙特农场时，已是凌晨四点。满月高高挂在天上，如白昼般清明。森林池塘上空忽明忽暗的萤火虫，像是散落尘间的星辰。我嗅着青草露珠的气息，望着婆娑的树影，内心充满了对生命的敬畏和感激。我在清明的黑暗里，张开了双臂，拥抱着未知和不确定，也拥抱着生命无与伦比的美丽和神奇。

无论次日清晨我是否醒来，今夜入梦时，这颗心仍在跳动。

我很难过，
一切很美

搬到佛蒙特农舍后每天都自己做饭，所以我们添置了几件简单厨具。其中那个泥土色的砂锅，使用频率很高，蒸米饭，做石锅拌饭，或者给锅底抹点油做锅巴，都很方便。砂锅不仅好用，而且好洗，用温水泡一会儿，再轻轻擦拭，砂锅便又光洁如新。

萝卜洗碗时，我会在厨房里陪着他，两个人聊着天，洗碗的过程似乎就不那么漫长了。有许多次，我俩都说起这砂锅——

"我好喜欢这个砂锅啊，风格挺配这老房子。"

"我也喜欢。用它煮出来的米饭，真的好吃呀。"

"是啊，洗起来也方便。"

"你看，比炒菜锅好洗太多了。一点都不粘。"

"真的选得很好。咱俩也太幸运了。"

……

如果砂锅有耳,一定听得心花怒放吧。我们爱着这砂锅,也因为这爱,很怕失去它。

"放的时候轻点儿啊。"

"盖子再往里面放点儿,别待会儿不小心碰掉了。"

"从冰箱里拿出来的时候稳一点哈,别摔着了。"

我们爱着这砂锅,珍惜着这砂锅,心里也明白,这砂锅终有一天会碎掉或裂掉,这是早晚的事。不是买不起另一个砂锅,而是,和这一个砂锅的缘分,从开始的那一刻起,就已经在失去了。

就像此刻,我轻轻抚摸着娃娃光洁温暖的皮毛,知道有一天它终将失去温度和光泽,而我,也将永远失去它。就像此刻,我欣赏着窗外怒放的扶桑花,心里知道,在一到两天里,这脸盘大的花朵便会萎缩凋零。

爱和失去总是相伴而生,不是吗?如果一个人,一件东西,你确信它永远不会变,你也永远不会失去,你还会珍惜吗?

在上周做的几个个案中,悲恸的主题不断重现。不同的来访者,不同的人生阶段,不同的经历,但那泪水深处的绵绵悲恸却又那么相似。而我,像是位于蛛网的中心,感受着悲恸的风浪,一浪接着一浪。它们冲刷着一颗又一颗心,涤荡着的是我们共同的心灵。

在他人面对巨大的不幸时,劝说和安慰往往是无力的。就像在自己遭遇不幸时，给自己讲道理无效一样。这时唯一能做的，就是允许——允许悲伤。

想起这边临终关怀医院创始人弗兰克·奥斯塔斯基（Frank Ostaseski）讲到的一段经历，它一次又一次柔软过我的心。

有一天，弗兰克接到一个电话，电话那边的父母，刚刚失去了年仅七岁的儿子。他们说："我们的儿子患有绝症……"

很快，弗兰克听出来，孩子已经死了。他在电话里说："我马上就过去。"

弗兰克来到孩子的卧室，里面摆放着许多七岁小男孩会玩的各种玩具，男孩的尸体在床上。弗兰克走了过去，看着这个夭折的孩子。他温柔地站在那里，俯下身来轻轻吻了吻男孩的额头。

这让男孩的父母有些惊讶，因为在儿子死后的这几个小时里，他们都还没有碰过儿子的身体。弗兰克知道，这对父母之所以没有这么做，是因为一旦他们触碰这已经冷却的身体，巨大的悲恸就会奔涌而出。

弗兰克和这对父母坐在那儿。他说："咱们先安静地坐一会儿吧。"过了一会儿，弗兰克说："你们可能知道，按照医院的传统，我们会清洁已故之人的身体。现在，我们先把浴缸里放满温水，再去花园摘一些薰衣草和其他美丽的药草，放进水里。"

他们放好了浴缸里的水，把薰衣草等药草放进了浴缸里，然后，开始慢慢地给儿子的尸体沐浴。一边清洗，一边讲着和儿子有关的故事。

"这里有一个疤，哦，你还记得他是在哪儿跌倒的吗？"母亲轻轻抚摸着儿子的脚趾，"哦，我还记得，他的小脚丫曾经这么小。"然后他们停下来，深长地呼吸，好让自己可以继续下去。

而弗兰克所做的，就是带着巨大的温柔和慈悲，和他们坐在一起，感受当前巨大悲伤的流经。

马克·尼伯美到让我心碎的小诗《漂流》这样描述道："一切很美，而我很难过（Everything is beautiful and I am so sad.）。"

《漂流》

诗/马克·尼伯，译/胡婷婷

一切很美，而我很难过。

心的悲喜二重唱在这样奏响。

阳光洒落在蕨类蕾丝般的叶片上，

细腻地，一如回忆的纤维在我喉结四周织成的网。

鸟儿在微风中从一个枝头跳到另一个，
一如疼痛让我在另一个房间、另一首歌、另一个陌生人的笑声中，
寻找我所失去的。

这一切的下面，在其正中心处，
那些我们所拥有的，谁都拿不走的，和所有那些我们曾失去的，
面对着面。
在那里，我漂流着，
觉得被万物内在的神圣所刺穿。

我很难过，而一切很美。

薄荷、乡下人、白月光

马厩旁的菜园子已经荒废有些年头了。荒掉的园子被薄荷填满了，缝隙都不见。这里的土地旺薄荷，哪哪儿都是：菜园里、石头缝里、墙根里……眼看着菜园子周围覆盆子的未来岌岌可危，估计要不了一两年，覆盆子就要全军覆没了。

要不是那天正在跑步的凯特路过马厩，停下来，向我挥手，我可能还不知道这园子里还种有覆盆子。

"你们一定就是从加州来的新邻居吧。欢迎啊！"

正吭哧吭哧刨地的我直起腰来："是呀。谢啦！"

"你园子里有着世界上最甜的覆盆子和苹果。你看，覆盆子都红透了。"

凯特指了指菜园里旁边的矮树丛。等凯特跑远了，我跑去摘了一碗新鲜的覆盆子。

是真的甜。

乡下人很友善。远远地看见你在散步,他们就会提前减慢速度,以减少扬尘。车里的人还会向你挥手问候。

"乡下人真的好友善啊,这和走在曼哈顿大街上的感觉简直是天壤之别。"我感慨着。

"对啊,甚至比起加州的米尔谷,这里的人们脸上的笑容也更多些。"萝卜也感慨。

"你觉得为什么这里的人们这么友善啊?"

"或许因为地广人稀,见到人的机会不多,所以知道稀罕彼此吧。不像在拥挤的城市,密密麻麻哪都是人,就很容易把他人的存在物化吧。想想在拥挤的地铁里,如果感官太敏锐,接收所有周边人的气味、感受、情绪、思想,太容易不堪其扰了。所以人们慢慢地就把感官合上了。"

萝卜的话让我想起了园子里的玫瑰。

似乎在清晨和星光满天时,玫瑰的香气最为浓烈。或许不是玫瑰的香气变浓了,而是在那些感官未被惊扰的时刻,嗅觉彻底敞开了,所以更为敏锐。

"是啊,估计在这儿,见到火鸡的概率都比见到人多。中国有句老话:'物以稀为贵。'是这个理。"

娃娃在前面带路，摇着尾巴。我和萝卜手牵着手，慢慢走着。偶尔遇到一两辆车，我们会停下来，微笑着，向车里的人挥挥手。

萝卜十八岁的时候，曾经一个人跑到佛蒙特的深山老林里，用防雨布搭了个简陋棚子，住了三个星期。那是他的高中毕业实习项目。别的孩子都选择去公司企业实习，而他给自己设计的实习项目是"像梭罗一样活着"。

现在想想，我俩都有些后怕。

我问萝卜："你晚上不怕吗？"

"怕呀。"

"万一有熊或者豹子跑到你那没门的棚子里，你怎么办？"

"我带了一把斧头。"

"饿吗？"

"好像不记得饿。带了一些食物，我那时候认识许多可以吃的植物，这一口，那一口，也就饱了。"

"在林子里独处的那些日子，你最大的感受是什么？"

"我的心突然变得好开好开，特别渴望和人联结。孤独的时候，我就一个人绕着湖边跑呀跑，或者跑到山下帮农民砍些柴，说上几句话。我突然意识到人的珍贵。要知道，在那之前，我是个特别害羞的孩子。那二十多天，彻底改变了我的人生轨迹。"萝卜说。

一辆红色卡车停在了马厩旁。车上走下一个身体健硕、个头不高的老头。我猜，那就是老丹尼。我在电话里听过他和萝卜通话。他一直帮着我们这所房子的原房主照看这片农场和土地。他没有智能手机，也不知道邮箱怎么用，所以他和那时还在加州、准备搬家的我们保持联系的唯一方式就是打电话。

"丹尼！"他还没有走近，我就在屋里大声叫了他的名字。声音之大，吓到的不只是丹尼，还有我自己。我发现搬来佛蒙特的农场后，我的嗓门大了许多，中气足得像是要冲到天上去。我很明白萝卜说的那种"心变得好开好开"的感觉。

那是我第一次见到老丹尼。我跑出来给老丹尼开门，老丹尼看到我，估计又吓了一跳。在这个只有五百余人的小镇上，黄皮肤的人估计没几个。

老丹尼看看自己满是泥土的大皮鞋，说："今天我就不进屋了，改天吧。"

老丹尼今年79岁了，他懂这片土地和这片林子。老丹尼从早到晚忙着打猎、锄草、种树、砍树……他的手下照看着许多个农舍。这里的不少农舍都是度假屋，住在波士顿和纽约的城里人，会在这里置产。夏天来这里徒步，秋天来这里赏枫叶，冬天来雪山上滑雪，住上一阵子，然后又投身于都市的繁华和繁忙中。

但老丹尼一直都在这里，替人们守护着这片土地。

对老丹尼，我有许多敬意，甚至有点怕他。感觉在他面前，我像个什么都不懂的搓着衣角的小姑娘。在他熟悉精通的领域里，我是个"文盲"。我才刚刚开始学习，学习如何在一片葱绿中，辨认出谁是草、谁是花。

莫名其妙地，我总觉得老丹尼像是土地爷爷的化身，笑眯眯的，很慈祥。有时候，特别想让我妈妈认识认识老丹尼，让妈妈看看人到暮年，依然可以如此朝气蓬勃。

老丹尼第二次来，是帮我们锄草。我们还没有锄草机，所以老丹尼每隔两三周来一次。这一次，我留意到，他专门换上了比较干净的鞋子。我带他参观了一圈屋子，其实这房屋的角角落落，估计他要比我们还熟悉。毕竟，过去这几十年里，他不知进来过多少次。

"你们把这个老房子照顾得很好啊。"老丹尼说。

我和萝卜听了，心里都美美的。

农舍今年就满200岁了。这是一座有灵魂的房子，我们都能感觉到。每晚入睡前，我和萝卜的保留节目有两个，一个是把白天误飞进卧室的萤火虫抓住，放飞回屋外；另一个是，萝卜会牵着我的手，在房子里巡游一番。

"这房子真的很美啊。"

"是啊,我们真的好幸运。"

"每天好像都更爱上它一些。"

"我也是!咱们买下它的时候,好像都没注意到池塘外的远山、老地板上可爱的虫眼。我记得秋天时屋外的虫鸣,但没想到还有满林子的萤火虫。"

"这房子知道的故事比我们多多了,如果它会说话,该有多好啊。"

我们像两个醉酒之人,说着酒话,醉在屋里。

那天晚上我睡着睡着,猛然睁开了眼。只见一轮满月,高悬在窗外天边。白月光的光辉,把我从梦里闪醒。

我推了推身边还在熟睡的萝卜,莫名其妙来了一句:

"你看啊,满月。"

还在梦中的萝卜更加莫名其妙,晕晕乎乎地说:

"是哦,满月。睡啦,婷。"

"晚安,好梦。"

第三章

**一颗碎开的心，
 可以住进整个宇宙**

瞧瞧，这女人，
她抽烟

拉着行李箱，走出昆明长水机场的路上，不断有人跟上来："住旅馆吗？""旅馆，很近……""坐我车吧！比打车便宜！"

我一边摇着头拒绝，一边闷着头往前走。那些年因为工作，没少来云南出差。昆明巫家坝机场还在使用时，从走出机场到坐上出租车的那段时间是我害怕的，那是一场"敌进我逃"的小战斗。

如果手脚不利索，还没等你把出租车窗摇上来，就会有小伙子劈头盖脸从车窗外砸进来或硬塞进来一堆花花绿绿的广告纸。有时候小伙子"投篮"不中，或是被拦下，就会看到那些廉价印制的广告纸随风飘落，一地凌乱。我们之间的小战斗正可谓：赢了，不爽；输了，不快。

现在好了，长水机场再没人"撒花"了。我继续拉着箱子往前走，身后传来了新鲜的吆喝声:"打火机要吗?""打火机,两块钱一个。"

我循声望去,吆喝声来自路边的一个瘸腿青年。他身边还站着几个青年,手插在裤兜里,抽着烟。我走了上去:"两块是吗?来一个吧。"

我交了钱,卖打火机的瘸腿青年张开了手掌,像是要送我一份精心准备的礼物:"你随便选!"他亮出了三个打火机,我挑了个大红色的,上面还有着青年手掌心的温度。

"谢啦。"

还没等我走远,就听到青年们大声议论开来:"瞧瞧,瞧瞧,这女人看着挺文气,原来还抽烟……"

我推了推滑落的眼镜,抿着嘴乐了。

是啊,刚出机场就急不可耐地买打火机,这女人不是烟瘾上来了是什么?

打火机之于青年,似乎只和烟相关联。他们可能不会猜到,我买打火机是为了那随我四处旅行的小小香薰炉。点香,是我无论身在何处,都把那里住出家的味道的秘方。

想到在分享正念练习时,我常常用到的那句话:

回应,而非反应(Respond, Do not react.)。

聆听，而非聒噪（Listen, Do not talk.）。
思考，而非臆断（Think, Do not assume.）。

愿你有颗初学者的心，在庸常中看见美好。

赛，

还是戏

　　和娃娃的百米冲刺赛我总赢，但赢得不那么光彩，因为短腿娃一口气最多只能跑三五十米。

　　有时候赛制的设计，早已决定了输赢，跟你是否废寝忘食地准备比赛，是否超常、正常发挥都没有什么关系。

　　这么说，似乎有点悲观。但如果换个角度想想，思路就通了。

　　龟兔赛跑，若比速度，乌龟输定了；但如果赛的是体验，说不定乌龟能说出这一路爬来的细致感受，让兔子听得目瞪口呆。

　　你可以选择要不要参赛、要参什么赛、要赛多久，也可以问问自己：有没有比着比着，以为这就是此生唯一的赛道？

　　娃娃如果要和我比谁啃骨头更干净，我输定了。

　　我和娃娃对比赛都没什么兴趣。或许真相是，娃娃意识到了自己天生的小短腿，因此不再选择赛跑；而我意识到了自己天生不喜欢在人群里扎堆,因此选择了不再参赛。

我们就这样,躲在山海间,玩耍和游戏。

你呢——

正在参赛还是游戏?

享受你所在的赛道吗?

喜欢参赛还是游戏?

什么才算生命中的
高光时刻

最近一个据说粉丝众多的平台找到我,想做一套正念音频课。

负责和我沟通的小姑娘,年纪不大,但很能干,理解力和执行力都很棒,与她交流我觉得挺开心,合作也谈得顺利,没几天就进入了实质阶段——我把课程大纲做了出来,平台那边也要着手宣传工作了。

这些年,我也和大大小小不少平台合作过,前期调研做得这么细致的,这是独一家,单宣传组就有好几个人。他们找来了我之前做的所有音频、视频课程,阅读了大量与正念相关的资料。为了理解正念,有人还尝试练习。

更要命的是,为了写出精彩的文案,他们一次又一次放弃午餐来采访我,问的问题好多:

"婷婷老师你为什么开始学习正念,是遇到人生低谷了吗?"

"正念对你的生活到底产生了什么影响?"

"你的学员因为练习正念有了什么变化?"

"婷婷老师你要讲细节,越多细节越好……"

"婷婷老师这个点会吸引读者,您能不能多谈谈……"

宣传组的小伙伴非常敬业,问题问得细,听得又认真,电话那边键盘的声音敲得啪啪响。看他们这么卖力,我怎么好偷懒呢?每次都把自己说得口干舌燥。

采访结束,我瘫在沙发上,说了这么多,感觉这几个小伙伴都可以给我写本自传了。然而他们似乎并不这么认为,而是想要听到更多。我一度都在想,这该不是什么间谍组织派来套我话的吧?

于是,再约采访时间,再讲故事,直听到大家都纷纷要回家练正念了,还不够:

"婷婷老师,那个学员的故事可以深刻一些吗?你到底教了他什么让他想明白了……"

"婷婷老师,你的低谷时刻到底有多惨能多描述一下吗?要那种读者看了以后觉得不学正念不行的细节……"

我突然理解了要天天接受采访的名人的苦衷。

真的有人愿意天天讲自己,我、我、我吗?我怎么才讲了几次就感觉被掏空了？如果再让我天天重复，我一定撑不下去。

我想起著名童话绘本作家塔莎·杜朵屡屡推却采访的事："不是我不欢迎记者，只是我种花的时间都放在采访上了，花谁来照顾呢？"

看来我真不是成名的料，才讲了几个小时自己就败下阵来。

然而，文宣团队的小伙伴已经投入了很多，我这时撤退实在有点说不过去。于是，采访继续进行着。

"咱们今天最后一次了好不好，争取今天说透。"我求饶。

"好的好的，婷婷老师就最后一个重点了，咱们争取快结束。婷婷老师，能不能详细谈一谈你学习了正念以后的高光时刻？"

"高光时刻？"这个词我有点陌生。

"就是说，你学了正念后，生活状态发生的巨大改变。比如参加了什么重要国际会议，和哪些名人接触过，有哪些重要人物做过你的学生，有没有接受电视节目采访、上过杂志……"

我脑海里立马出现了穿上水晶鞋的灰姑娘。

"我的高光时刻？"我停顿了许久，电话那边也安静地等待着我对耀眼时刻的吹嘘。

而我长长舒了一口气，有点不知从何说起。

"可是……可是……我学习正念，正是想要离开那样的高光生活啊。要穿着高跟鞋、穿着体现身材曲线的新款套裙（现在不用担心套裙了，反正我套不进去了），正襟危坐，一脸好学地听各种大人物讲话，给名流大亨汇报项目进展，和隐形富豪喝酒聊天搭建关系，出入豪华酒店参加募款晚宴，参加权贵的party，心里想逃跑，却还要笑得灿烂，同时想着脸上擦的粉可别掉下来……我的高光时刻，就是有一天能够远离这样的'高光生活'啊。"

一口气说完了我的高光时刻，电话那边很安静。好吧，我干脆一不做二不休，把心里话全倒了出来——

"老实说，正念不是什么速效救心丸，也不是灵丹妙药，更别提你一学正念就生命阳光这样的事了。你正念进食、正念呼吸也没有什么具体目的，正念的每一秒就是目的本身啊。如果有哪个老师告诉你，练习正念你的人生难题就迎刃而解了，你千万不要信啊。大家什么事都求速效，恨不得一个月瘦三十斤还健康，练几次正念就想要觉悟，根本没这回事啊。

"有时候我也问自己，读了最优秀的大学，接受了最好的教育，是不是就应该改变世界或一举成名，否则就辜负了什么。可是，如果我受了最好的教育，却不能追求自己的激情所在，忘记了属于自己的渴望，将平凡的生活视为失败，那么，改变了世界、一举成名,又如何?教育的最终目的,究竟是让人幸福,还是让人'成功'?

"当然,我并不是说人人都要像我一样归隐山间,过简单的生活。这只碰巧是我喜欢的生活状态而已。我是说,每个人有没有认真回看一下自己的忙碌和努力,究竟是真的让自己开心,还是觉得'只有这样,未来的某一天才会开心',这很重要。未来不会来的,只有现在,只有现在。这一秒你在做的事、你做事的状态,是偏离了心,还是和心贴近了——这才重要。"

我说完了想说的,抱起我的小娃娃,狠狠亲了它一口。如果我的努力和忙碌,让我在与它相处时不再感到幸福,让我不能在平凡生活中咂摸到美妙,那我究竟在为谁辛苦为谁忙?

这次采访后,平台还要不要做正念课、要不要找我讲正念,我就不知道了。如果因为我说出了心里话,而失去了和大媒体合作的机会,也挺好。

我娘说过:不是一家人,不进一家门。

打脸

这一巴掌扇过去的脆响,惊到的不只是萝卜,还有我自己。我甚至恍惚看到萝卜嗷的一声惨叫,惊飞了湖边灌木里无辜的鹧鸪。

一秒前,我挥舞着右臂,快准狠地向萝卜的右脸扇去。更确切地说,是向萝卜右脸上的蚊子扇去。萝卜捂着脸,站在废旧的马厩旁,一脸震惊地望着我:"疼!婷!(Ouch! Ting!)"

"哎呀,对不起啊,我完全忘了,我不该打过去。哎呀,对不起啊,我的手一看到蚊子就自动扇过去了。我刚才那一会儿,眼里心里只有蚊子……"我惊慌失措,口不择言,忙不迭道着歉。

其实在扇过去的那个瞬间,我的内心已经有一部分在刹闸了。那一部分的我,依稀记得上次萝卜的体谅和建议。我清楚地记得,那天我们正在红杉林里——

"啪！"我击中了萝卜脑门上的蚊子。

"婷！下次再发现蚊子，不要扇过来啊。" 我记得那一刻，萝卜一边说着，还一边捂着被我拍疼的脑门，而那只因我毙命的蚊子，还粘在萝卜的大脑门上。

我看着萝卜被打蒙的样子，有些愧疚，也有些怕。"我宁愿被蚊子咬，也不要被这样吓到啊。"萝卜还在余惊里。

"对不起啊，我真的没想到你会被吓成这样。我们老家很多人，都是这样互相打蚊子的。如果我慢悠悠告诉你'那里有蚊子'，等你反应过来，蚊子可能早就吃饱飞走了。"

我在找各种办法为自己辩解，试图捍卫自己行为的正确性。心里还有些不服："太小题大做了吧。我不过是打了一只蚊子，还是为你好。"

"真的吗？在中国，有人会这么为对方打蚊子？"

"对呀，我也被这样帮过好多次。很多人都是这样的。"

我仍为自己辩解着，声音却明显低了下来。虽然我记得小时候，确实有过这样帮彼此打蚊子的经历，但我并不确定是不是很多中国人都这样……或者，那只是我自己熟悉和默认的习惯？当我说"很多人都是这样的"，是因为害怕承担责任、承认错误，不想承认自己的行为对萝卜造成的影响吗？

内在这些问号的提醒,让我为自己辩护的欲望弱了下来。我依稀看到过往时空里那个声嘶力竭为自己辩解的小女孩——眼泪汪汪,喘着粗气:

"不是我!我真的没有!不是这样的!"

那个不敢也不想承认错误的小女孩知道,一旦辩解无效,承认了属于或者不属于她的错误,就会受到言语或身体上的惩罚。虽然辩解本身也许会越发激怒大人,惹来更大的惩罚,但是,万一辩解成功,或许就可以逃过一劫呢。

我看到那哭声连连的辩解背后,是愤怒的力量;也看到在愤怒下面,还深深埋藏着无力、委屈和悲伤。那个小女孩,除了拼命辩解,似乎找不到更好的保护自己的方法。她那时候一定怕极了。

萝卜起身牵起了我的手:"我知道,你刚才是真的想要帮我,怕我被蚊子咬到,才会打过来。你一定也没料到我会被吓到吧,我的反应也吓到了你吧。下次再有蚊子的话,你把它从我身上拂掉就好了。"

听着萝卜体谅的话语,我的身体一下子就松弛了下来。我并没有告诉他,为什么当时我的泪水又一次溢满了眼眶。

如果那个小女孩知道,哪怕犯了错,也会被理解和原谅,她还会那样撕心裂肺地痛哭、为自己辩解吗? 如果那个小女孩知道,出于好心做错了事,大人会记得和感激她的好心,也会耐心指导她下次怎么做、怎么调整,那些委屈还会奔涌成河吗?

那时,我回牵着萝卜的手,让心里的那个小女孩也感受着萝卜手的温度,我们一起向林间走去。

巴掌事件就那样过去了,暖暖的。

我怎么也想不到还会有第二次,自己又一次扇了过去。那只手好像根本就不属于我,而是被设定了"见蚊子就拍"程序的机器爪。

"真的对不起啊。我记得你告诉过我不要打你身上的蚊子的,可我还没完全意识到,手就已经落下了。"我有些气馁,有些内疚,还有些害怕,担心萝卜向我吼:"我不是早就告诉过你吗?你怎么又犯了!你怎么不把我的话当回事!"

这些话语都是我再熟悉不过的,我听许多人对我讲过,我也曾对最亲近的人讲过多次。听到时,自己或怒气冲冲或羞愧自责;讲出时,总觉得别人是明知故犯,故意要伤害我、冒犯我。

出乎意料地,萝卜又一次牵起了我这个"累犯"的手,说:"我也看到你打过来时,手好像迟疑了一下,好像是想起了什么。我也知道有时候自动导航的惯性有多大,我知道你不是故意的。下次记得就好哈。"

"那万一我下次还没彻底记住,又打了过去呢?"

"嗯,那就下下次呗。只要你愿意一次次提醒自己记得,我就也愿意等你一点一点变化。"

萝卜又一次原谅了我,并没有因为我的再犯而怒气加剧和不耐烦。那一刻,我想起了自己曾经的种种不耐烦:"我不是告诉过你吗?我不是说过吗?……我告诉过你呀,你怎么还这样?……"

我知道,下次萝卜因为某些自动导航的惯性太大,没能"刹住车"时,我也想要学着像他原谅我一样,去原谅他。这是他送我的珍贵礼物,我想回赠他。此外,为了防止我手痒痒的惯性再犯,我额外送了他一件礼物:一顶让人瞬间化身"恐怖分子"的驱蚊防晒帽……

分享一首我很喜欢的鲍莎·尼尔森的小诗:

I

我沿街而行。

人行道上有一个很深的坑。

我掉了进去。我很迷茫,我很无助。

这并不是我的错。但我却花了漫长的时间才走出来。

II

我沿着同一条街而行。

人行道上有一个很深的坑。

我假装没有看见。

我又掉了进去。

我不相信我居然掉在了同一个地方。

这并不是我的错。但我仍花了很长的时间才走出来。

III

我沿着同一条街而行。

人行道上有一个很深的坑。

我注意到了。

我还是掉了进去。

这似乎是习惯。我很清醒。我知道我在哪里。

这是我的错。

我立刻就走了出来。

IV

我沿着同一条街而行。

人行道上有一个很深的坑。

我绕道而行。

V

我走到了下一条街。

面对真正的失去，
我们能做的真的不多

不远处教堂晨祷的钟声响起。它并不像我以为的那般悠扬，而是略显急促。一辆车从我的卧室窗外经过，应该是前去晨祷的人。车开得不快，车里的人怕是也正睡眼惺忪，或者细心地怕惊扰了还在沉睡的人。

好奇怪。搬来这里一年多，这是我第一次听到晨祷的钟声。平日里睡得真沉。

此刻是早晨五点三十分，离我自然醒来的生物钟，本应还有近两个小时。

池塘边新挖的土坑还没填上，一旁的柳树还在花盆中，等待着入土。

这棵柳树是萝卜的生日礼物。乔七月份给我写了邮件，用着显眼的邮件标题："嘘，请替我保密，别告诉萝卜。"

原来他和萝卜聊天时，无意听到萝卜说想在池塘边种棵柳树，便记下了。他想把这棵柳树在萝卜生日那天，不早不晚地寄送到。

帮着乔密谋柳树礼物的我，心里很感激。我回邮件给他：

"乔，真的谢谢你。今年对萝卜来说，不容易。他接连失去了两位挚友。我知道他还有悲恸正在消化。虽然你们不常见面，但请你一定多多保重，一定要健健康康，为自己，为家人，也为了萝卜。"

自那封邮件后，乔给萝卜打的电话更多了些。听他俩唠嗑，我心里开心，乔是萝卜为数不多的能说上话的朋友之一。疫情发生后，哈科米的培训都转到了线上，我们又搬到了东海岸，所以这老哥俩在教学间隙一起散步聊天的快乐时光也没有了。这两年，我不时从萝卜口中得知乔做了手术，膝盖有了毛病无法再爬山……我好希望这老哥俩这辈子有机会多聚聚。疫情开始后的一年多内，乔和萝卜都失去了不少老朋友。

哦，怎么说起了乔，我明明在说柳树——

柳树在萝卜生日那天平安抵达，萝卜好开心。我们把池塘边的那个土坑挖了又挖，想给柳树一个舒服的家。这个坑比芍药园里的那个要深许多，半径也要大不少。

但是，萝卜在他生日月的最后一天、最后一个小时，一直和我跪在地板上看护奄奄一息的小鸡"巧克力"。真的好遗憾，我们是这样告别的八月，萝卜是这样告别自己的生日月。按计划，欢乐八月我们本该为萝卜庆生的呀，怎么结果到了八月的结尾，却如此沉重和意外。

"是埋在柳树坑里，还是芍药坑里？"

"坑太浅，会不会被其他山里的野兽闻到味道？"

我捧着死去的小鸡，实在无法想象它的身体再经历任何疼痛和撕咬。脑子里的念头在不断反刍着。

"如果埋在柳树下、浇了水，它会不会冷？"

"柳树坑还是芍药坑？到底埋在哪？"

我的大脑开始偏执地比较权衡，没完没了。

我以为，只要我能用这些分析把脑子占满，就可以把悲伤驱逐出去一会儿。仿佛我并不是完全无能为力的，仿佛我还可以为小鸡做点什么。只要我在拼命打字，把注意力都放在文字上，就不会那么明显感知到指尖的冰冷和内心的颤抖。

鸡圈里，十七周大的公鸡开始打鸣了。它的声音里，怎么好像也有一股子悲凉。

"这声鸡鸣是不是真的很悲凉？昨天，其他小鸡是不是也经历了同样的殊死时刻，只不过它们是幸存者而已？它们会不会有

'幸存者的内疚'？它们是否也担心着，有个伙伴彻夜未归……"

我好想问萝卜，但他还睡着。这一夜他翻来覆去没睡踏实，我想让他多睡会儿。

我一个人睁着眼睛，等着天明。听萝卜呼吸，还好，至少他还在呼吸着。整整一夜，我的耳朵一直都竖着，听卧室外玄关处的动静。小鸡"巧克力"那时就静静躺在那里，我们将它放在纸箱里，水和食物都在它一伸头就能够到的地方。它的身体不像平日那么热乎，睡前我又给它盖上一层软软的毛巾、灌了个暖水瓶放在它翅膀边。

邻居艾米家的那条大黑狗，冲上来一口咬下去的时候，"巧克力"一定吓坏了。它的屁股被大黑狗严重咬伤，流着脓。

虽然是艾米的狗咬伤了"巧克力"，但我还是想谢谢不在家的艾米和昨天那个帮她遛狗、看起来有点吊儿郎当的男性朋友。虽然我也反复在设想，如果那个男孩儿在遛狗时走点心、别总在打电话，如果他给狗拴了绳，悲剧就不会发生了。可转念一想，娃娃我也没天天拴着呀。我还设想，如果艾米能早点告诉我们她的狗咬伤了我家小鸡，当时受到巨大惊吓的"巧克力"可能就不会孤零零地躺在黑夜里受冻、受疼、受怕那么久。可转念一想，艾米出差在外，或许没条件一直查看手机、没条件第一时间得知这个消息。我自己有时候也会晚回信息的呀。好像我真的很难痛快利索地去责怪任何人，把任何人只是当作"别人"。因为或早或晚，我总是会从别人身上看到自己的踪影。

其实，这些都是无法重来的假设。而真正发生的是，如果艾米那个男性朋友选择不把狗咬伤小鸡的消息告诉艾米，如果艾米选择隐瞒、不把这个消息告诉我们，我们永远也不会知道是她家的狗咬伤了"巧克力"。这附近有狼、有浣熊、有狐狸，人烟稀少，估计也没有人看见，艾米可以不承认的。如果那样，当我们回家看到草坪上的一地鸡毛时，可能以为"巧克力"就是被豺狼叼走吃掉了，可能也没有机会清洗它的伤口、给它涂上药，甚至可能连见它最后一面的机会都没有。

"我真的好抱歉，是我家的狗咬伤了你们的一只鸡。听我的那个朋友说，那只鸡后来逃脱了，哦上帝，希望它没事。请告诉我可以怎样补偿你们，我真的很抱歉。从今往后，再遛狗时，我一定把它拴上。"

这是昨晚艾米给我发的短信。收到她的短信，我立马戴上头灯，再一次出去寻找失踪的"巧克力"了。"巧克力"可能还活着。

"你知道吗？在有些地方，农场的动物被狗咬到，这只狗是会被枪决的。"临睡前，萝卜说，"不知道这里的规矩是什么。"

我一下子想到了奶奶家的狗——黑子——一条被奶奶捡到、相依为命的黑狗。那时，有家邻居的孩子没少欺负奶奶和她养的猪。有次欺负得太狠，黑子这条忠犬，就冲进这家猪圈以其人之道还治其人之身，咬掉了邻居家一头猪的耳朵。猪后来死了。在农村，死了猪是一件大事，在全村舆论的逼迫下，要么公开处刑，要么自己解决。奶奶白天黑夜地抹眼泪，最终亲手给黑子喂了农药。

内心重历了一遍黑子走时的苦，我在想，如果能"恶有恶报"，如果至少能为自己的失去做些什么，是不是就意味着自己并非完全无能为力。但我已经经历了失去"巧克力"的痛，我无法想象如果真的要惩罚艾米的黑狗，艾米又要承受多少痛苦。我经历过，就不忍让她再因我的失去而经历失去。

好复杂好揪心。不是吗？面对这复杂的心，比单纯去论对错和划责任，要难好多。我一下子理解了那些痛失亲人后选择原谅并非有意的"肇事者"的人。不是说原谅是更高尚的选择，我们无法强迫任何人真心原谅，但原谅确实是更难的选择。除了原谅，面对这样的悲剧，能为死去的人做的，真的不多。

我对萝卜说："还是要感谢艾米，她选择告诉了咱们。她本可以不这么做的。"

平日里总爱叽叽咕咕发出叫声的鸡，在承受疼痛时，有着巨大的忍耐力。它们往往一声不吭,一动不动。我在黑漆漆的草丛里发现"巧克力"时,它就是那样,身上有血迹,在安静里一声不吭,忍着巨大的疼。

"我真不知道刚才我是怎么找到'巧克力'的。那么黑,也没动静,可我就是一下子发现了它。不是看见了它,是感觉到了它……在你收到艾米短信前,你是不是并不相信我告诉你'巧克力'还没有死?我第一次出去找它时,你是不是觉得肯定找不到了?在你告诉我艾米的短信前,我真的听到了一些动静,不长,就那么一声,虽然根本不可能是'巧克力'从草丛那边发出的,因为离得实在太远了。"

我躺在被窝里,萝卜帮我严丝合缝裹紧了被子,可我浑身依然无法抑制地在抖动,像在喃喃自语着这一切,又像在说给萝卜听。萝卜抱着我,暖着我冰冷的手和脚。

这一夜,我的手和脚都没能暖热。听到玄关处的动静时,我蹑手蹑脚起了床,"巧克力"那时候刚刚断气,它的身体仅存的那丝暖意,正在消散。

我蜷缩着身体,蹲在"巧克力"旁边,看着它的身体不再像呼吸还在时的一起一伏。昨晚凌晨两点,我们清理完"巧克力"的伤口打算去睡时,我也是这样蹲着,睁大了眼睛。在微暗的光线里，想要确认它的身体是否依然在有规律地起伏。我一次次地睁大眼，一次次地确认验证，总怕这一次的浪落之后，不再有浪起。

萝卜向我描述过他妈妈去世前的情景。那时他坐在床前，静静看着妈妈最后的呼吸。那一起一伏的幅度越来越小、越来越小，直到一口气后，再没有下一口气跟上来。

"她就像睡过去了一样。就像是睡得太沉了，忘了下一个呼吸。"萝卜说。

"当时你哭了吗？"我轻声问。

"没有。但是有股子巨大的悲伤。虽然明知道妈妈的时候到了，可我在等她下一口气，怎么等也等不来，那股子悲伤就来了。"萝卜说。时隔那些年再谈起，萝卜仍像是一下子又回到了妈妈的床前。

凌晨两点，我们清理好"巧克力"的伤口，做了我们能做的一切，筋疲力尽、无能为力地去睡了。本以为这么累了睡眠可以招之即来，没想到要睡去而无法睡去是一件更让人无能为力的事情。我们拥抱在一起，萝卜用手暖着我的手，用脚裹住我的脚。我蜷起脚指头，把它们缩得小小短短的。那一刻，我突然觉得那就是"巧克力"的爪子。又一阵冰冷的颤抖涌上心头。

我马上回到了当我把"巧克力"从草丛里抱出来时的场景，

那时我好开心啊："我找到'巧克力'了！"我大声叫着，除了满天星斗，我想让萝卜第一时间知道，让远处鸡圈的公鸡母鸡们都知道。

可当我走到灯光下，看到它流血的伤口和上面密密麻麻的蚂蚁时，我的开心瞬间就被恐惧代替了。我惊声尖叫，因为我闻到了死亡的味道。真的，死亡是有味道的。我尖叫着，吓坏了，但仍抱着"巧克力"。我紧闭双眼，不敢再看向它血淋淋的伤口。萝卜过来一把接过了"巧克力"。他让我赶紧去找纸盒子，让巧克力可以有地方躺下来。

现在想想，对于看见电影里的人受伤，自己都会感觉疼得嗷嗷叫的萝卜，让他去接过屁股被咬了个大窟窿的"巧克力"，真的不是容易的事情。

"对对对，找盒子找盒子找盒子……"我念经一样重复着这一句。我觉得我必须动起来，否则巨大的无力感和恐惧感就会笼罩心头。我忙东忙西，查"鸡被狗咬后如何救援"，查"使用什么液体清洗伤口"，口齿不清地读给萝卜听。

突然，我明白了在得知亲人身患绝症后，来向我求助的学员的那份无助感和无望感。那种当心爱的人被"宣判了死刑"，自己竭尽全力想要做些什么的冲动；那种明明知道无计可施却又不愿相信时的绝望和撕心裂肺；那种明明知道自己做了一切可以做的，但依然会有的自责和内疚。

昨天"巧克力"的悲剧发生前，我和萝卜还在车上分析着一个案例。

"她说小时候被欺凌，那么多人在围观，没有一个人站出来帮助她，如果你真的让她回到那个时刻，让她想象当时你也在那里，而且为她挺身而出、挡住了坏人，她会不会因此而更加悲伤？因为她会意识到虽然这是当时她渴望的，可当时真实的情况是，没有一个人，站出来保护她。她现在要面对这巨大的悲恸，怎么办？"

"有可能。有可能会有巨大的悲恸涌出来。"

"那你可以做些什么？"

"和她一起待着。手牵手迎接这巨浪滔天的悲恸。"

"然后呢，具体还可以做些什么呢？我是说，有没有点，实际的……"

"就这些吧。待着，给这些陈年的悲恸一个巨大的空间来释放。这些悲恸已经被压抑多年了……或者，你还可以给她一个肩膀，让她好好痛哭一场。"

我们坐在车里，车在从繁华都市开回农场的高速路上。在这个并不长的对话后，我们沉默了好久。

在收到艾米短信前，我刚结束一个个案。来访者问我："老师，你告诉我实话，你觉得一个人有过自杀或自残行为后，人们会不会永远会用异样的眼光看待他，觉得他是病人、是不正常的？是不是所有人从此都有权利来对他指手画脚，用'别乱想啦，要为了爹妈好好活着'来劝解他该怎么活？是不是他从此以后再有什么感受和想法，都是不正常的了？"

我知道这一连串的追问后有着怎样的心碎。不仅知道，还能感觉到。

我摇摇头，对他说："不知道你是否相信前世今生，当然信不信都没关系，这只是疗愈自己的一种理解方式。如果把时间轴拉长一点来看，哪一个此生投胎的人，前世或今生，没有遭受过这样那样的创伤呢？就好比现在坐在你对面的我，并不比你更加健全。我的这颗心，也曾在百转千回的苦里浸泡过。那些嘲笑你、教训你、歧视你的人，比你少的，不是创伤，而是觉知。"

说这番话时，我并不知道，接下来的几个小时，自己就要经历一番有关生死的悲剧。

"老师，是不是我真的想太多了？可能在其他人眼里，这不过就是一件小事，没什么大不了的，不值得像我这样号啕痛哭。我是不是不该这么难过和悲伤？这是不是很不正常？"

来访者的问题，让我想起曾写的那篇《今天，那只偷吃杏仁的小耗子死了》（见前文）。那篇文章发出后，有读者担心地给我私下留言："婷婷老师，你写的这篇，会不会让别人觉得太小题大做了。会不会有人觉得你矫揉造作，本没多大点事，不至于？"

我知道这位读者的好心，我猜，他的这些担心，并非空穴来风，这是在他的环境和文化里一直提醒他的，所以他也好心告诉我。

就像现在，这篇六千字的文章，放在一些人那里，可能不值一提。人生有那么多重要的事要操心呐，一只鸡死了怎么了？放在一些人那里，也许就是：

"哦哈哈哈，没啥，今天有一只鸡被狗咬死了。"

"死了只鸡，至于吗？没几个钱，又不是买不起。"

"鸡生下来不就是宰了给人吃的吗？你娘死了你会这么伤心吗？"

"切，玻璃心，神经病，都是闲的。"

我想用这六千字，告诉这样"小心翼翼"的读者，或许那些随口评论的人此生并没有机会近距离认识一只鸡，认识"巧克力"；或许他们学会了用麻木和戏谑武装自己，认为要生存下去就要心狠拳头大；或许他们曾待过的暴力环境让他们永远都不想再柔软、不想再感受到痛。

这不是他们的错，更不是你的。

但这个世界上，一定也存在另一些人，会真切地对你说：I am so sorry this happened.（原谅我无法用中文完整地表达此句的意思）一定也存在另一些人，愿意给一个肩膀，抱着你，让这悲伤和眼泪有处安放。去吧，去找到他们，他们才是你的同类。不管是一只小猫小狗，还是一棵苹果树，或者，是在流泪的马匹。

不管"一些人"怎么想怎么说，这都不影响，你可以用你的文字、眼泪和诉说，为你的悲伤造一个家。文字背后的我，此刻也正在这么做。

写到这里，我依然不想停下来。就像那些孩子失踪了的家长，数十年不愿停止搜寻的努力，其实不肯放弃的是希望，无法面对的是那种痛彻心扉的无力感。就好像此刻如果我还在写着，我和"巧克力"的故事就没有彻底结束。一旦停笔，我就真的没有什么可以为"巧克力"做的了，我就只能在心底感受悲恸巨浪滔天，呼啸而来。

这失去之恸，让我一下子理解了白发人送黑发人的痛苦，哪怕那个孩子是夭折腹中，或是幼年离世，这一段亲子情缘的离别也会是一生中无法抹去的伤。在生老病死的苦里，我一直不太理解"生"之苦。而这一刻，豁然开朗。

我认识了"巧克力"119天，这只大名叫"巧克力"、小名叫"Worm"（因为它最爱吃虫子）的小鸡每次在我回家时都第一个一摇一晃奔过来迎接我。这只小鸡最爱吃也最会抢小虫子；这只小鸡本来是鸡群里最瘦弱的一只，但凭着对食物的痴迷现在长得最壮；这只小鸡再过一周就要开始下蛋了，或许再过一阵子它就要孵小鸡了……

萝卜醒了，他走进客厅，此刻和我并肩坐在沙发上。他看我写字，一言不发。

我停下在敲击的手指："我一整夜都能闻到死亡的味道，真的，在玄关、在卧室、在客厅，甚至在我皮肤上我都能闻到。"我伸了伸手，放在鼻子上又闻了闻，"上次闻到这个气味我还在上初中，在我家那只老猫吃了耗子药被毒死前。其实，我在想，在失去面前，我们能做的，真的不多。你在想什么？"

"我在想，Death is real.（死亡是真的）。"

"你指的是'巧克力'，还是更笼统而言？"

"更笼统而言。"萝卜轻声说。

"Death is real. 在失去和死亡面前，我们能做的真的太少，太少。你还记得我写的那篇《爱不徒劳》（见前文）吗？我真的很难想象，还有多少巨浪滔天的失去和悲恸，等着我去经历。"

我直视着萝卜，说出了自己的恐惧。萝卜点点头。我们都知道。

我还能做些什么呢？死神，请你告诉我，此刻，除了紧紧握着萝卜的手，把娃娃紧紧拥在怀里，我还可以做些什么；除了多跟身在远方的父母、友人联络，我还可以做些什么。死神，能不能请你告诉我，在你完全不按常理出牌抵达前，我们还可以做些什么。

死神一言不发，虽然它在这个清晨与我擦肩而过，带走了"巧克力"。在死神的沉默和此刻肆虐的悲伤中，我好像又领悟到了些什么。

那些悲伤，好像不仅仅，属于我。

在那些失去和悲恸后面，还有着些其他的什么。

如果不那么在乎，分离就不会那么痛；如果没有离别和疼痛，也不会学到爱和珍惜；如果没有爱和珍惜，空活这一世又到底是在忙些什么。

"明明可以做得更好……"

活到这个年纪，我竟然被几枚鸡蛋上了无法复制的生命课。

哪怕此刻，我的手指还在微微颤抖；耳朵依然竖着，听着小鸡们的动静。那只生死未卜还未睁眼的小雏鸡的心脏上，似乎长出一根细线，缠绕进我的心。小鸡的每一次挣扎和细声尖叫，都牵着我的心。

事情的起因是这样的——

最近，母鸡"毛茸茸"和"草莓"接连开始抱窝。这次萝卜和我都没有干预，因为在"巧克力"被邻居家的狗咬伤致死、"丑小鸭"被老鹰抓走之后，只剩下了四只小鸡。我和萝卜觉得，再添几只小鸡崽也是好的。

活蹦乱跳的"毛茸茸"和"草莓"开始不吃不喝、常坐不起。这场景看着让人心疼，但它们既然决定要做妈妈，我们也就顺应着自然规律。谁承想，一两周后，趁着它们冲出去喝水的空，我们才发现，"毛茸茸"和"草莓"屁股底下，坐着近十五只鸡蛋。

这么多蛋，这么多鸡崽，怎么养？

看看我们亲手搭建的"小鸡操场"，最多也就够七八只小鸡自由活动，除去目前的"鸡叔""鸡姨"，最多只能容纳四五只小鸡崽。再说，如果都是公鸡咋办，本来鸡群公母比例就已经失调，如果再来几只公鸡，仅存的几只母鸡就遭殃了。我俩慌了，开始四处联系邻居和附近的农场，看看谁家想要鸡崽，打算等它们一出生就送出去。

一想到鸡妈妈辛苦抱窝三周，小鸡崽一出生就要和妈妈分离，我心里也难过，但这也是没办法的办法。

没想到，萝卜和我多虑了。

发现第一只小鸡崽降生的时候，我正在慰问抱窝的"毛茸茸"和"草莓"。听到那稚嫩的鸡崽叫，我又兴奋又紧张。四处巡视，我才发现了那只"小黑"被埋在了稻草里。我激动地飞奔回去告诉萝卜："萝卜萝卜，我们现在是鸡外公鸡外婆了！"

没想到，几个小时后再去看，小黑已经被压扁了，没有了呼吸。我尖叫着喊萝卜，让他去处理小鸡崽的尸体，我实在不敢靠近。

没想到，这只是悲剧的开始。

接下来的每一天，都陆陆续续有小鸡崽的尸体需要从鸡圈里被清理出来。我对萝卜很感激，因为我没法想象自己触碰那刚刚降临便死去的湿湿、软软、凉凉的躯体。查了各种介绍怎样养小鸡的资料，也没能找出小鸡崽的死因，只能眼睁睁看着它们一只只死去。

难过之余，我发现自己开始愧疚——小鸡崽们欢天喜地选择了投胎于此，却听说了萝卜和我急着要把它们送人的心思，鸡崽们是不是觉得自己的降生并没有受到欢迎，于是决定自行离开。

萝卜说："婷婷，并不是所有的错误和遗憾，都是你的错。"

萝卜的话我知道，道理上我也明白，它们虽然让我的愧疚有所缓解，但并没有让我的悲伤远离。

我突然深刻体悟到，面对生老病死，是农场里的农民得习惯经历的。好苦。

接连死去了十几只小鸡后，萝卜把一只新生鸡崽带到了屋里。我们打算接管过来抚养它，看看这样是否能活下来。不知道是不是它出生时稻草太硬扎坏了内脏，还是先天有缺陷，它依然没能挺过黎明。

还剩下四颗鸡蛋。

萝卜冒着被狠啄的危险，把它们从"草莓"屁股下面偷了出来，放在了小鸡保暖箱下面，期待着奇迹。

最终，"黑公主"降临了，真是个奇迹。这个湿漉漉的小家伙儿，在奄奄一息了一天后，竟然越来越精神。我把垫着的稻草换作了厨房纸，以免稻草扎疼它。又等待了一天多，开始给它喂食温水，还有温水泡过的小米。虽然"黑公主"依然有点便血，但精神状态还不错，鸡粪也开始成形。这个小淘气，四天大不到，就开始爬高爬低。

而"黑公主"身边这只已经破孔的蛋，还没有名字。它就是此刻揪着我心的那一枚。本打算让它自然破壳而出，但时间一分一秒过去，近三十个小时了，还是没有什么进展。

萝卜有点担心，这么耗着，小鸡的力气会耗干的。查了资料，发现可能是因为小鸡保暖箱湿度不够，小鸡不足以挣扎出来。像这种已经破孔呼吸了的小鸡，可能需要人工帮一帮。我决定与待破壳的小鸡"啐啄同时"——小鸡在壳内吮，我代替鸡妈妈为助其出而同时啮壳。这个过程比我想象的，要可怕太多。从今往后，每次吃鸡蛋剥壳时，我可能都会想起这一幕。

我坐在小鸡保温箱旁，竖着耳朵听，想听听被剥了壳的小鸡是否还在动弹。我想看又不敢看，又怕它冷。这真的是种煎熬。

我问萝卜："你说，这辈子我鸡蛋也没少吃，怎么这次反应这么大。我好难过。总觉得明明可以做得更好，虽然并不知道怎么做得更好。"

萝卜："你这是想掌控生死啊。"

我："眼睁睁看着它受罪，却不知道怎么帮忙，这种感觉真的好难受。为什么被赋予了生命，却没有一份保险。好希望可以像买商品那样，选购一份十年生命保险啊。"

萝卜："咱们尊重自然规律吧。能做的咱们全都已经做了。"

我："可是，我真的很想救它。我只是不知道还可以做什么。我总觉得如果我知道就好了，如果早点拿个加湿器到保温箱旁边，说不定它就不用受这些苦了；如果没有让'毛茸茸'和'草莓'抱窝，鸡蛋们也就不用煎熬了……"

我的"如果"越来越多，内心里经历着冰凉的愧疚。

突然有一段童年的记忆闪出来。那时我还是小学低年级，有一次，我算数考了97.5分，我拿着试卷一路飞奔回家，想告诉妈妈，红领巾在脸前飘呀飘，扎着脸都顾不上管。回到家里，家中有客，爸爸妈妈都在忙。我把试卷递给妈妈，等待着表扬的降临。

妈妈看了一眼说："嗯，还不错，明明可以更细心的呀。下次再细心点，就可以考到100分了。"

我无法形容那一瞬间心里巨大的失望和难过。但我知道那份失望和难过伴随了我好多好多年。

今天早上五点钟就醒了。醒来第一件事，是去看昨晚破壳的小鸡。谢天谢地，它还活着，只是屁股上还粘着蛋壳。我照资料上指导的，把它的小屁股泡在温水里一两分钟，再用椰子油涂抹上去，希望能帮上忙。

"愿你平安，愿你健康。愿你平安，愿你健康……"我的手抖着，心里在念着。

我一直在心里默念："我真的已经做了我能做的一切。"没错，"明明可以做得更好"，可是我并不是明明，也不是亮亮。我并不知道我目前还不知道的，也不知道此刻还可以怎么做得更好。我只知道，我尽力了。

小鸡，愿你活下来，愿你平安，愿你健康。

小鸡，我尽力了。剩下的，靠你了。

第四章

疗愈师随记

治疗师第一课：
慈悲不是扛过他人的故事和伤痛

这个周末，吴老师特地为我们租下一个农庄，希望我们能远离城市的喧嚣，在大自然中疗愈并学习。从快捷迅速的城市来到这里，像是雨过天晴，在湿润草地上做了一个深呼吸。

上课第二天就有两个同学退课了。显然，吴老师的风格并不是每个人都能接受。吴老师直截了当，好几次在同学发问未断时就把话筒拿走，似乎对礼貌和客气浑然不知。吴老师说："女人被教导要保持这样的坐姿（摆出斜二郎腿的姿势），乖巧安静，男人才会喜欢。试着把腿放下来，脱下高跟鞋，脚掌脚跟都落地地坐着。"他会一遍又一遍指着总是跷二郎腿半躺在椅子上的我们说："两脚落地，坐直。因为这是你着陆、沉下心来的前提。"好多同学和我上完课都落下了"二郎腿综合征"——一跷起腿，就会马上警醒地放下腿来。而当同学在课上谈到悲伤和愤怒的情感,脸上却不自觉地带着社交性的习惯微笑时,吴老师会毫无保留地指出:"你的微笑是对造成你悲伤和愤怒的人和事的认同。"

吴老师像是天外来客,不懂得取悦他人,不懂得用糖衣裹着话语轻声细语地哄你舒服,而是一针见血,直击问题核心。如果不走近吴老师,不会看到那双眼睛底下的慈悲。那不是同情,不是抚慰,是他整个人和你整个人在一起的慈悲。

有同学因不满他的威严直率而出言不逊,有几个同学看不下去,替他辩护。吴老师只是说:"不用为我辩护。这无关乎我。可能对她而言,时候还未到。"

吴老师教了我很多,其中有三句话他提醒我始终记在心上,守护好自己,帮助更多人:

> 你在那里,我在这里。(You are there, I am here.)
> 你的故事是你的,不是我的。(It is your story, not my story.)
> 如果我尽力了仍无法改变,我会撤出。(If I can't affect change, I withdraw.)

听起来有些冷血是不是?可如果你天生有治疗师(healer)

情结，你就会知道吴老师在说什么。治疗师心中满溢着爱，常会忘掉自己的需求，忘掉守住自己的安全界线，习惯了将他人的故事和伤痛扛过来，哪怕本已负重过多，却仍浑然不觉，继续往肩上加重。因为不懂得清空自己，背负了他人太多的故事和悲伤，寿命甚至都会因此而折减。吴老师认为：一个治疗师能疗愈他人的程度，永远不会超过他疗愈自己的程度。

了解自己的负重范围，熟悉身体发出的信号，清空自己，成为通畅的管道，而不是把他人的故事和伤痛扛过来，是我作为治疗师学习的第一课。

课程结束，回到城市中的课堂，大家都还在"余震"中。那么深入肺腑的体验，却无法用言语描述究竟发生了什么。记得我课上正走神，坐我旁边的同学悄悄探过身，冲我耳语道："上完吴老师的课回来，怎么觉得其他老师都像在蜻蜓点水呢。"

一个米其林厨子的
孤独

昨天还在琢磨小鹿们晚上睡在哪，今天就在路旁看到了小鹿的家。星星出来时，小鹿会合上长睫毛，贴着妈妈，卧在这美丽的花下。小鹿是安全的，它信任妈妈，信任开满鲜花的树，信任草丛中的家。

此刻，我和萝卜，在同一棵花树下，闻着从远处海面飘来的风，有一搭没一搭，说着话。

"今天个案快结束时，他问我：'你真的觉得我也能对他人慈悲吗？'要知道，二十年了，这是他第一次问我和正念慈悲相关的问题。"萝卜说话时眼睛里润润的，闪着光，照进了一抹即将燃尽的夕阳。

"二十年？你已经见了他二十年？"

"嗯，你还记得我办公室门前会招手的那棵红枫树吗？每星期四的上午9：55，他都会准时出现在枫树下，就像今早那样。"

"那今天是你第一次……第一次带他在正念状态下切入深层意识？"

风吹断了我的句子，我看到了草丛中晃动的鹿角。我深深吸了口气，为公鹿的淡然自若惊叹。

"嗯。"

"那你们之前在个案中都做什么？"

"他说，我听，问他些问题。"

"问问题？你不是说，哈科米体系里训练有素的心理治疗师很少问问题，而是带领来访者体验和探索吗？一直问问题，不正说明治疗师一直在走脑，并未真的懂得吗？二十年，每个星期，你就问他问题，听他说话？"

"嗯，问他问题，听他说话。时候未到，他强求不得，我也强求不得。他的深层意识层面没有准备好，我更不能按照自己的节奏和意愿强行开启。在这一点上，哈科米体系治疗方法非常'老庄'，讲求顺应自然。"

"那你都问他什么问题？"

"多数时候，他都会自己讲述近来的生活和见闻。有时候我会问他，比如，如何炖出与众不同的罗宋汤？比如，全美最好吃的牛排馆在哪里？为什么那里的牛排好吃？他也会细致讲述不同食材的味道，他和食物的亲密关系。"

"……你是在和我开玩笑吗？"我扑哧笑出了声，惊到了草丛中正在晚餐的火鸡。

"他是个非常有名的米其林厨师，有名到连纽约的一些上流阶层的私人聚会，都会提前预约他，用头等舱带他飞到东海岸，做好派对的餐食，再用头等舱带他飞回来。"

"那你问他这些问题时，是真的感兴趣吗？这些问题问出来，是为他，还是为你？"

"自从开始见他，我的厨艺有了质的飞跃，这倒是真的。我问他的问题，都是我真的感兴趣才问的，我不会为问而问，而是为他而问。当然，我也同时受益了。"

"为他而问，怎么讲？他是来做心理治疗的，可是你问他的问题都是怎么做菜啊？"我揪了一根响尾蛇草，调皮地在他脑门前晃晃。

"他是非常有名的米其林厨师，但这并没有改变一个事实：他内心里觉得自己毫无价值。我问他这些问题，让他感受到，他珍视和擅长的东西并非微不足道。他在细致回答这些问题的过程中，有着极大的满足。"

"他，每周来见你，坚持了二十年，就是为了和你唠嗑？"

"他很难信任其他人，但他相信我。他需要知道，哪怕生活坍塌了，这世上至少依然有人可信。如果说每个人都住在自己的信念建构的世界里，那在他的世界里，无人可信。他需要有个人带着心和善意，真的对他好奇，真的愿意听他说话，而不是把他当作一个会做饭的厨子，哪怕是世上最有名的厨子。"

"发生过什么事让他觉得他人不可信吗？"

"很多。他积攒了很多这样的经历。"

"和童年的经历有关？"

"他五岁那年，跑到邻居家找最要好的朋友玩。结果很多警察在那里，好朋友家被封锁了。"

一阵风过，萝卜盯着脚下的细碎花瓣，捡起了一瓣，上面沾着些湿润的泥土。

"警察把他抱出邻居家，没让他看。从警察嘴里他知道：他的好朋友被保姆杀了，一块儿一块儿埋在了后院的草坪里。

"那是他童年记忆的开始。二十年来，我听他复述过这个故事几百遍。每一次他说到，里面都仍然有着深深的伤痛。"

恭喜你，
原来你也是人类

萝卜问："你真的要写去见疗愈师的亲身经历吗？你不怕说出自己的情绪起伏，会影响别人对你的看法吗？"

我说："当然考虑过。不过我不想活在某一个人设或某一个身份里。况且，我确实有挺多情绪起伏啊，你知道的。如果我都不愿坦诚接纳自己的情绪，又怎么去接纳包容他人的情绪呢？如果我都不能诚实观照我的心，又怎么引导他人去如实观心呢？"

萝卜说："你让我想起一名著名的家庭治疗师默里·鲍文，20世纪60年代，所有治疗师都对自己的家事讳莫如深，而默里竟然拿自己开刀，深刻地剖析了自己的家族。他敢冒天下之大不韪，我很尊敬他。"

我说："反正在每一次咱们的课上，作为老师，我几乎都哭过。学员也早已见识过我对眼泪的包容度和接纳度了。所有的情绪都是宝贝，眼泪是其中最珍贵的礼物——你说过的。"

我没什么毛病，但我有许多"问题"

从疗愈师伊兰娜的工作室出来时，我哼着歌一路小跑，跳到了萝卜的车前。他看我那么乐，很好奇："她究竟做了什么啊，让你高兴成这样？"萝卜知道那天我去见伊兰娜之前，刚呜呜哭了一场。

我嘻嘻一笑："伊兰娜就是听我说话来着，偶尔回应了两句。对了，她后来说了一句：'恭喜你，原来你也属于人类，不是不食人间烟火的神仙。'哈哈哈，笑死我了。"我的前言不搭后语，让萝卜一头雾水。他当然不知道，在伊兰娜那里，我说着说着，自己突然明白了许多道理。

或许你会奇怪我为什么需要见疗愈师；或许你会担心，我是不是有了什么"毛病"。其实，与疗愈师的交流，是我深化自我意识的修习之一。

我没什么毛病，但我有许多"问题"。用我妈的话说，我从小就像本《十万个为什么》，她牵我手过马路时我在问问题，我坐在自行车后座上在问问题，嚼着米饭时在问问题，困得眼睛都睁不开时还在问问题……我对这个世界有着无穷的好奇，好奇心也很宠爱我，带我一路翻山越岭，跨越重洋，探索着地球的广袤和意识的浩渺，让我看到了生而为人的无限可能，也让我看到了创造和活出自己的无限可能。

就像诗人叶芝的描述："世界充满神奇的事物，耐心等待着我们的感官变得敏锐。"（The world is full of magic things, patiently waiting for our senses to grow sharper.）

世界依然如此，而我们，每时都在变化。

那些交织在一起的愤怒和委屈

我去见伊兰娜时，一般都不会做什么准备，或者计划好要说什么。在那个当下，什么涌现出来了，就是什么。在安全和信任的疗愈中，意识的流动、身体的感知，对我来说都很美。

我推开门，看到了沙发后的墙上轻轻跳动的彩虹。

"啊，彩虹从哪里来的？"我好奇地探头探脑，寻找着彩虹的源头，伊兰娜指了指橱窗，我看到了一串纯净透明的水晶球。

"好纯净啊（So pure.）。"此语一出，一段记忆被勾起。

记得那天，我在微信朋友圈发了正念游学营的介绍，有人留言:"你为什么要收费呢?"

看到这条留言,我的第一反应是笑了,觉得不可思议,竟然有人会问我为什么要收费。游学期间的酒店、餐厅、交通,邀请的其他授课老师,还有我和萝卜准备、落实行程的时间和辛苦……竟然有人问我为什么要收费。

我和她聊起这段记忆,我意识到自己在叙述时,跟当时的反应一样,依然脸颊红涨、胸腔憋闷,有些委屈和愤怒。说出来后,我深深地呼了一口气。

伊兰娜慈悲地看着我:"尝试着在这种委屈和愤怒中多待一会儿。"

我闭上眼睛,感受着这份委屈和愤怒在自己身体中的表达。

我感受到,这种表达并不陌生,在做教育非营利机构的那些年里经常出现。当我一腔真情诉说着留守儿童的现状,而对方一脸不耐烦或敷衍我时,我委屈又愤怒;当我被踢皮球一般,一次次被告知"这个事儿不归我们管,你找那谁谁谁吧"时,我委屈又愤怒;当夏日炎炎,我辗转于不同机构等着红章盖下,在电话里苦苦哀求,安静又绝望地听着对方打官腔时,我委屈又愤怒。我更清楚地记得,某一次会议上,当我说到支教老师被性骚扰时,对方"公事公办"地回应。当时我实在忍不住,委屈和愤怒化作眼泪夺眶而出，我大声问道："如果是你的女儿被这样对待，你也会这样吗？"

这种委屈和愤怒太熟悉了，它们常常交织在一起。在亲近的人身边，常常愤怒在外、委屈在内，看起来凶巴巴，心里其实柔弱得很，像个纸老虎；在外人面前，常常委屈在外、愤怒在内，泪水总不争气地流出，心里却暗藏怒火，像爆发前的火山。

"你为什么要收费呢？"这单纯的一句话，却激活了我这么多的记忆和情绪。我意识到，这委屈和愤怒里，对应着内心深处的信念——"你为什么不理解我呢？你为什么就不能理解我呢？"

冷静下来想想，那只是简单的一个问句："你为什么要收费呢？"甚至那只是几个字，没有语调，没有表情，或许只是等待着我回答："能告诉我收费的原因吗？"可是这几个字一入我的眼，经过意识过于习惯地过滤，就变成了一句质问，让我感受到了冒犯。我知道，冒犯我的并不是这句留言，而是旧有的伤。我心里旧有的伤痛，被这句话揭开了。

金钱和纯粹

"伊兰娜，我总觉得一涉及钱，就没那么纯粹了。"

"那你为什么要收费呢?"

"因为我也需要买食物、买保险,交电费水费,需要养娃娃。我不需要很多钱,只是希望维持现在这样的生活。"

"哦,恭喜你,原来你也属于人类,不是不食人间烟火的神仙啊。"

我害羞地笑了:"我热爱我现在的生命状态。我知道这样活着,我有无穷的创造力、灵感和充沛的精力,去真诚地给予。不是心怀怨恨地'牺牲'和'付出',也不是别有动机地'假给予之名,行获取之实',而是满怀爱意和感激地给予。如实承认自己的需求,真诚认可自己的付出,由衷感恩他人的支持,合理设定收益的数额,这样可以更好地回馈他人。"这难道不是慷慨之环在个体身上的体现吗?

我又和伊兰娜提到了正在开展的"21天观心"免费公益活动,说起学员的感激和学习的用心,提到助教老师的用心分享和支持,喜悦的泪水一直在眼眶里转动。

"伊兰娜,在某种程度上,我又觉得,即使免费,也不是百分之百的纯粹。毕竟,通过公益活动,有更多人知道了我和我在做的事,我扩大了影响力,这是不是也满足了我的'虚荣心'呢?"

"你说起'21天观心'免费公益活动时,满脸都洋溢着平静的幸福。那种神情和对功利的痴迷很不同。你享受做公益，是吗？"

我认真点了点头。

"那何必去纠缠其他呢？如果你的慷慨给予让你扩大了影响力，就会有更多人可以受益了，不是吗？"

我长舒了一口气，心里畅快许多。

世界和生命的赠予让我心怀感激。我的心里满满的。我想善用我的天赋、智力、知识、阅历、体验，让更多在寻找的人也能受益，体验生命的鲜活和无限可能。

萝卜的
翅膀

到了报税季,我和萝卜都比平日忙碌些,像是被粘在了各自的书房里。

"饿没?想不想现在吃饭?"

"有谁这会儿想吃饼干吗?"

两个人时不时在去厨房吃零食水果、喝茶时,打个照面,一起看会儿窗外的蓝天白雪,看会儿在喂鸟器下捡谷子吃的松鼠,聊个天。

然后,又各自回去读书、报税、准备课程。

我刚结束一个个案。个案中,连来访者自己都多年不曾想起的往事,突然浮现了出来,真真切切,伴随着许多眼泪和悲伤。淤堵生命能量多年的沉渣泛起,把他吓了一跳。临结束时,来访者整个人轻盈了许多。

他清楚地看见，原以为是工作压力导致了自己的筋疲力尽和了无生机，实际上，那口生命之泉的泉眼，早已在多年前的那间教室里，被堵上。

我起身去厨房续茶，萝卜也在。我俩喝着茶聊了起来。

"有些事情真的只需要发生一次，就会影响一个人的生命轨迹。"我感慨。

"是啊，如果没有机会重新审视和清理，被反复戳破的同一个伤口，或某一次重创，都足以影响多年甚至一生。"萝卜应和着。

"我有时在想，一名老师，一名家长，任何一个人，是不是真的能意识到自己不经意间的言行，对另一个生命体的影响有多大。"我喃喃自语着。

回忆刚才的个案：如果那位来访者的老师让他说清楚为什么这次作业没按时完成；或者老师记得，他的作业总是认真按时完成的，这次是个例外；如果老师没有当着全班同学的面羞辱他；如果那天晚上他回到家中，没有再被父母刻薄地训斥责怪……

只要这些事件少了其中一环，他会不会不那么坚决，以死相逼一定要退学？如果他没有突然退学，没有去那个大家都在混日子的学校，后来的生活又会是什么样子？

我知道，这些"如果"都深深种在来访者心里，而他的心被囚禁在遗憾和懊悔的牢里,在许多个深夜黎明,无声而绝望地哀号。

后来他一路咬着牙考入大学,从小城闯到大都市,混出了些样子。而这背后的动力,也来自那种时时刻刻的屈辱感——

> 我再也不要给任何人机会羞辱我、笑话我。
>
> 我不可以犯一丁点儿错误,不能给任何人留下任何伤害我的把柄。
>
> 我不可以失败。
>
> 我不可以进步这么慢。
>
> 我不可以偷懒。
>
> ……

在他的心牢里,厚重冰冷的铁链一圈又一圈。

"咱俩今天谁先去泡澡?"萝卜的问话一下子把我带回厨房。

"你忙了一天,一定累坏了,要不你先?"我有点心疼萝卜。

"我估计还得一会儿,刚答应了和一个十多年前我带过的学生杰克通电话。他最近遇到了点麻烦。一晃都十多年没联系了啊,但他发邮件给我的时候,我还记得他。"

"他怎么了?"我好奇。

"好像是在教课时没注意好边界，和学生开了些不太得体的玩笑，被学校开除了。"

"哦。这样啊，你是要去说说杰克吗？"

"不是……我想他肯定已经意识到自己行为的不得体了。不用我说。"

"那你……十多年没联系了，为什么要和他通电话呢？"

"杰克是个好孩子，心好，热情，也很好学。经历了这些他一定很受挫，很需要支持。我要把他护在我的翅膀下（I want to take him under my wing）。我去通电话了哈，好好泡澡。"

萝卜端着水杯又走向他已经忙碌了一天的书房。可他的话依然萦绕在我耳边。

"我要把他护在我的翅膀下（I want to take him under my wing）。"

那一刻，我人生中曾经被庇护、被信任和被支持的回忆和瞬间也被这句话激活。

一个人的言行，对另一个生命体的影响可以有多大，有时可能真的超出了我们自己的想象。我好希望，那位刚刚见过的来访者以及更多人，在遇到人生的暴风雨时，有可以挡风遮雨的地方，也有人愿意把你们护在翅膀下。

享受当下
有什么用

最近的表达欲不怎么浓烈。只觉时光飞速,一弯新月才现,随即已是月满西楼。

转眼,二十四节气已流转到雨水。这一冬最寒的日子已经逝去。每一场雪,都可能是这个冬天的最后一场。原以为我会怀念四季如春的加州海岸,怎料得,舍不得的却是雪的行将离开。

下雪的时候,我什么都不想做,只想去雪中走,或是搬条木凳,在飘雪的湖边坐着。刚好,今冬的雪很慷慨,我就有了理由和借口,在许许多多个日子里,什么都不做,和雪一起发呆。

电影和书里的雪花只是一个概念或背景,好像这一朵和那一朵也没什么差别。只有人在雪花里静下心来待久了,才会走进它。每一朵雪花都那么特别,贴到脸上,落到衣角,每一朵都真切。我不知道这一朵雪花要在天空流浪多久,才来到我的唇间;

也不知道我们有着怎样的因缘，让它化作雪花的形式，在和我遇见的那一瞬，也和我告别。

就这么一言不发地仰躺在木板凳上，看雪从无中生，向无中去。

上周有位学员问我：

> 婷婷老师，前几天我和爱人去南方度假。碧海蓝天下，我躺在沙滩上晒太阳，一切都很美，可是我心里很着急。什么才算是"享受"这当下呢？我既带不走它，它也无法对我产生实际的影响，度完假，不还是得乖乖回家该干啥干啥吗？享受当下到底有什么用呢？

这个问题竟把我问得一时语塞。我知道学员是很真诚地在问这个问题。她真的很想知道享受当下到底是怎么个享受法，怎么才算活在当下。

是啊，享受当下有什么用呢？沙滩上躺着晒会儿太阳，日落西山时静默凝望，雪花飘舞时仰躺着……这些能产生什么实际用处呢？

当她提出这个问题后，我陷入了各种繁忙：忙着带她冥想，忙着给她举各种活在当下的事例，忙着讲这世上的美和沉思多来自无用，忙着分析"目标导向"和"存在导向"的区别、分析抑郁和焦虑常常来自"希望自己更有用却又做不到"，忙着问她各种问题："如果人不需要吃饭、睡觉，你还会吃饭、睡觉吗？你觉得做饭、打扫卫生有意义吗？"而我清楚地知道，这一个个问题都并非我的真问题，我早已有了自己的答案和偏好。于是，我一边问着，一边懊恼自己在这样问着。

而有一部分的我也觉察到了自己的匆忙。于是，我不断将自己拉回到呼吸、回到身体上。在个案中，我很少有这样失去从容的时刻，我很想知道究竟发生了什么，让我忙个不停。就这样，外面忙着，心里也忙着，想弄个究竟。

我和这位来访者的个案结束时，我才恍然大悟刚才发生了什么。原来，在探究有用、无用时，我也被卷入了"有用论"的旋涡。这位学员害怕把精力放在无用之事上，害怕所做之事没有实际用处和效果，我便下意识把自己放到了一个位置上——我希望自己对她有用。我希望通过发问、建议、举例等这样的努力让她有所收获。这个"要做有用、有价值、有影响的事"的旋涡系统，吸力真的好强，把我咬牙坚持努力的曾经，通通吸了出来。拼命产出，害怕浪费时间和生命，想要证明自己有价值、对他人有用——这种信念也曾伴随了我许多年。

我试着按图索骥，回望从"必须有用"到"可以享受无用"的转化在我身上发生的痕迹。从什么时候开始——

> 我意识到自己可以慢下来。
> 我懂得了欣赏一朵雪花。
> 我爱上了做饭和清扫。
> 我学会了漫无目的在林子里闲逛。
> 我开始相信自己不必取得什么成绩与成就，也依然值得被自己和他人爱。

这一切看起来似乎是自然而然地发生了。但我知道，这一切绝非偶然、绝非随便发生的。这些年幸或不幸的经历中，通过学习、练习、工作的深入，促成我心灵的蜕变和觉醒。

有一点我挺确定——真正促成心灵转化的，不是建议，不是某个问题的答案，也不是某个道理，而是体验本身。作为案主，我经历的那一次次看似没发生什么的个案，那一次次心柔软后的哭泣和释然，那一段段看似只是坐在那里安静的时间，都是那么的无用，无用到难以言说究竟发生了什么，可又是那么珍贵，让我越来越懂得，那些看似纠结的局面，如何通过贴近心而找到答案；让我越来越意识到，我不必为生而为我感到抱歉；让我越来越体会到生命的宽度和广度……

我打算下次和这位来访者见面时，创造一个实验的机会，让她在正念中体验一把。当我们面对面坐在这里，不试图搞清楚什么、解决什么或是取得什么，只是从心里散发着对彼此的关爱、信任，会发生什么？那些对"无用"的恐惧，会在何时何地以何种形式升起？如果恐惧真的升起，也没有关系。我们可以相伴而行走进那恐惧里，看看那里都住着怎样的回忆。

或许，在那无尽的恐惧深处，也有着许许多多孤独。能化解孤独的，或许不是让自己变得更有用，或者做更多有用之事，而是真的体验到亲密联结是什么滋味。

如果你碰巧读到这篇文章，我想告诉你：我不怕自己对你没有用。我在乎的是，在面对着你时，我可不可以心无旁骛、像爱一朵独一无二的雪花一样，全心全意地爱你、陪伴你。

36名学员配12名助教，这样的培训你见过吗？

这周末我刚从哈科米正念躯体心理疗法的密集培训中回来，身心充盈，被这温柔而人性的治疗方法深深吸引。

在你知道自己正在做什么之前，你没法做你想做的

哈科米正念躯体心理疗法，从科学与心理学的广袤世界中提取而来，但手法本身保持简单。它是一座桥，连接身与心；它是一条路，让自我从喧扰走向本真。它融合了东方的正念冥想与西方发展心理学等理论。

如果你没有亲眼看到哈科米疗法的治疗过程，你很难相信它产生的结果。有时候短短十几分钟的治疗工作之后，来访者就会安住于自己的身体，对自己的心境、身体、情绪产生前所未有的

觉察，很多积压在潜意识状态多时的深层记忆会透过身体流淌出来。在哈科米的治疗工作中，来访者和治疗师都需要正念这个工具。对来访者来说，正念意味着将注意力转向自身内在，不带评判或偏好地去注意自己当下的体验。而治疗师则需要运用正念将自己的注意力向外指向来访者当下的体验，允许来访者内在所有的一切如其所是地存在，并留意它们又是如何波动、如何变化。

在传统的心理治疗工作中，往往来访者会表述很多，而治疗师也主要在来访者表述的"故事"内容层面分析。来访者能够讲出来的"故事"都是自己已知的，就算来访者一刻不停地说个三天三夜，他对自己情况的了解也比治疗师要多，但其实，来访者的困惑和纠结往往来自他自己未察觉也未必能形成清晰语言的部分。

哈科米疗法正是帮助来访者在正念中觉察，看看究竟还有哪部分的自己是未知的。"在你知道自己正在做什么之前，你没法做你想做的（You can't do what you want till you know what you're doing.）。"心理学家摩舍·费登奎斯这样说过。

出于保护来访者隐私的原因，哈科米培训中的录像资料并不能用于宣传，所以能够有机会真正领略哈科米治疗精髓的人，很少。同时，由于一名哈科米治疗师的培养需要大量时间，哈科米机构也并无意走大规模商业扩张路线，所以真正优秀的哈科米治疗师，在每个国家都屈指可数。

他五十多岁了，手里抱着"泰迪熊"

我参与记录了一个哈科米培训中的示范案例。在示范现场，没有预演，谁都不知道议题为何，这非常考验培训师对"当下这一念"的修习，对自己、对来访者当下状态的细微察觉。

五十多岁的英国人马克走上讲台的时候，手中紧紧攥着被他称为"泰迪熊"的小枕头。他没有进入讲述具体"故事"的过程中，于是培训师希利多次邀请马克回到此刻、安住在自己的身体里，体会此刻的呼吸、情绪和身体的细微反应。后来在问答环节，希利提到，当时从马克的呼吸和眼神中，她感知到马克并不在他身体里。她猜测马克过快地进入了"创伤性记忆"中。如果来访者不在他的身体里，失魂落魄，他其实就并未"在场"，这样是没法继续开展治疗工作的。

一个小时后，马克不再依赖于手中的"泰迪熊"带来的慰藉，开始真的和身边的人发生联结，多张纸巾拭去的眼泪后面是他豁然的笑容。

他说:"我活了五十多岁,都有孙子了,但是这是我人生中第一次觉得自己的存在是被欢迎的、是安全的。"

一朵花需要被教导才懂得如何盛开吗?

流淌,自然,治疗师不用任何强力,不做任何干涉,只是技巧纯熟地顺应。

"一朵花需要被教导如何开放吗?"

"花的盛开,是治疗师的功劳吗?"

在哈科米疗法这里,两者的答案都是:不。

花不需要被教导才懂得如何盛开。花开,是因为花懂得如何开。

可能你要问,既然如此,那干吗费钱费力找治疗师呢?自己好好开不就得了。

一朵花,在成长过程中能不能得到肥料和灌溉,在生虫或缺水的时候有没有人悉心照料,结果差异会很大。

一个梦里得来的名字

1980年夏天,哈科米疗法刚刚诞生,19位心理治疗师聚在一起研究这项工作，并打算成立一个研究院。大家想给这种疗法起一个名字，想试着"头脑风暴"出一个名字来，但每一个都不满意。后来，治疗师大卫·温特斯做了个梦，他梦到哈科米治疗技术核心创始人朗·克兹递给他一张纸条，上面写着"Hakomi Therapy"。大卫把这个词告诉了大家，所有人对这个词都有点蒙，不知道它是什么意思。大卫认为它可能是一个美洲印第安词。他开了八个小时的车回到家后，开始翻阅大量参考书，查阅这个梦里出现的词。他发现 Hakomi 是一个霍皮印第安词（有时也拼写为 hakimi），现在常用的含义是："你是谁？"它的古义是"在不同的关系领域中，你如何安置自己？"这个天降之词不可谓不合适，19 位治疗师一致同意，"哈科米"这个名字便启用了。

36 名学员，12 名助教

这周末我参加的哈科米培训，我们有 36 位同学，却"奢侈地"拥有了 12 名助教。这助教的数量让我惊讶不已，也问过老师："为什么有这么多助教啊？这不会大大增加组织者的成本吗？（很多培训，能有一两个助教就不错了。助教的工作也大多是后勤方面的，不像哈科米培训，助教助老师，更助学员。）"

"助教都是志愿者，需要通过严格选拔才能当选。助教也都是专业的心理咨询师，都曾接受过至少两年的哈科米培训。很多人愿意以助教的身份回炉，加深对哈科米疗法的理解。"

"所以，他们从早7点到晚7点，1个月来工作3天，1年12个月，都是义务劳动？"

"是的。"

虽然自己是做非营利机构出身，但我知道，外国人按小时计算报酬，极看重自己的时间。这样的承诺，不会轻易做出。何况助教中的一些老师，自己已是不同疗愈流派的资深从业者，学员众多，名气很大。

我接着问下去："助教们是出于善心、想要回馈，而来无偿做志愿者的吗？"

"是，但也不完全是，他们也为了继续打磨自己的疗愈技术。这次培训里很多助教都已经是老助教了，过去十几年里，他们都经常申请过来。"

"当了十几年的助教？"

"是啊，每个哈科米资深培训师虽然都遵循着同样的原则和授课步骤，但是每个人的风格不同，授课风格也不同。助教想多学习，看不同的老师针对同一情况的不同处理思路。"

老师与助教

"同样的培训,他们真的愿意来学习这么多次吗?不少助教不都是不同领域资深的治疗师吗?助教朵拉还曾是一行禅师的身体疗愈师呀!"

"你说得对,助教是助教,但并不意味着他们就比老师知道得少啊,我从来没觉得助教就低老师一等。还记得吗?哈科米的重要原则之一就是平等。作为培训师,我从助教身上学到了太多。培训师和助教,是平等的关系,不存在高低之分,这与治疗师和来访者之间不存在高低之分一样。你也可以问问助教,估计他们的亲身体会会告诉你更多。"

"听起来像是和谐的生态圈,彼此各司其职,又互相支持。"

"是啊,哈科米的培训如果没有充足的优秀助教,很难进行下去。"

给人心做手术是良心活

这里的助教都非常谦逊。你听不到任何一个助教夸夸其谈,吹嘘自己有多厉害。和他们中的任何一位待一会儿,就能近距离感受到他们浑身散发的暖意和爱，那些暖意和爱的背后是哈科米的核心原则：觉知、自发、非暴力、身心合一、平等。

我一直都知道，我能学到最多的，并非知识和技能，而是从这些知识和技能的传达者身上体现的品格。"人品即学品""活在所教中"，如果老师对自己所教授的内容没有深信和坚持；教人一套，自己做另一套；人前一套，人后一套；那这个老师无论知识多么渊博，口才多么好，都是某种程度上的"撒谎"——不仅对学生，更是对自己。

"为什么需要这么多助教呢？36名学员，12名助教，这比例也太惊人了，超出我参加过的所有培训。"

"哈科米疗法是很精妙（subtle）的工作，像是给心做手术。这颗心，不是心脏的心，是心灵的心。这项工作马虎不得，是良心活。体验式教学的关键在于学员得以有大量深入的体验，并且会有针对性的指导。比如练习中，一个助教负责一个三人小组。三人小组中，一人当来访者，一人当治疗师，另一人当观察者。助教会在练习后给每一个角色恰合时宜的细致反馈，让治疗师从细微处打磨技术。优秀的哈科米治疗师都是这样在练中学，一点一点练出来的呀。"

触摸着你，
像触摸神灵

她深深吐出一口气，从按摩床上缓缓坐起来，轻轻拂去眼角残余的泪，感激地注视着坐在一旁的我。我静静地看着她，微笑着轻轻点头。或许很多人会被刚才发生的那一幕吓到，但我并没有。那一刻，我们彼此知道，彼此懂得。

触摸：是禁忌，还是疗愈？

周末，我在一个专业培训上，学习如何将疗愈的触摸整合到心理治疗中。要知道，对很多心理咨询师来说，和来访者之间的身体接触是心理治疗中的伦理禁忌。不当的触碰不仅会伤害对方，还有可能引发诉讼。因此，对和来访者之间的身体接触，大家往往讳莫如深。

而我身边一些在治疗领域前沿的朋友，他们深深懂得人作为哺乳动物，身体接触对减轻焦虑抑郁、缓解不安全依恋及创伤的重要性。他们看到许多人接受传统心理咨询多年却没有过多进展，于是，他们勇敢地向前一步，把触摸整合到了心理治疗中。

用萝卜的话说："不把触摸（touch）纳入心理治疗中，才是反人性的。"

因为怕触摸不当而不允许触摸，将其视为禁忌，是因噎废食的做法。培育心理治疗师对触摸的觉知，丰富他们对身体构造方面的知识，才会推进治疗的深化。

我的同学中，除了心理咨询师，许多人都是经验丰富的身体按摩师、理疗师，还有人是前沿躯体心理治疗流派的创始先锋。我也相信直接的体验，相信身体自有智慧，它不会撒谎。

你的握手拥抱，是否空有其表？

这次专业培训为期六天，但已经过去了整整两天，我们都还没有开始"动手触摸"。"慢下来，"培训老师反复说，"你无须总告诉来访者要慢，当你真正慢下来，你的状态自然会影响来访者慢下来。"

这两天，我们花了大量时间培养对身体和空间的觉知，学习扎根，和自己深深联结，尤其强调对身体边界的觉知。疗愈功底的深厚与否，就在这些细节里。功底越厚，疗愈的能量越精微细致。

很多时候，我们常常忽视、障蔽了这些细微的东西，例行公事地完成着日常生活的一切。很多身体接触，例如握手、拥抱，甚至亲密关系，常常是在"模式化"地进行着。因为要表现得礼貌友好，要显得亲密，所以程序化地完成着这些动作和接触。

若每一次身体的触碰，都全心全意

疗愈性的触摸，是全心全意的，而非空有其表。

在接触他人身体前，疗愈师要先清楚地觉察自己身体的真实体验，并且坦诚地对待它。在伸出手去触摸他人之前，先触摸自己的心，问问自己：这颗心是否全心全意在这一刹那的触摸里。

我的一位身体理疗师朋友，她被人们戏称为"通灵"，能为患者减轻许多身体的重大病痛。她告诉我，她每次做个案前都会冥想许久，清空自己。在每一次触摸患者的身体时，她都像在触摸神灵一般。

如果每一次的拥抱，是在拥抱神灵；每一次的抚摸，是在抚摸神灵，会是怎样的感觉？

在无言中，我们彼此深深懂得

我坐在按摩床边，觉知着自己的身体边界。她静静地躺在按摩床上。我帮她垫好枕头，在膝盖下方垫好抱枕，仔细询问她躺着的姿势是否完全舒适、是否需要盖上毛毯、是否还有需要调整的地方。

我们准备就绪。在她默默点头后，我隔着被单，将右手轻柔缓慢地放在她的脖颈后侧，左手则轻放在她的尾骨下方。她的呼吸慢慢平稳下来，越来越深。四十多岁的她，躺在那里，像是安睡在婴儿床里的宝贝。

我们一起失去了时间，或者说，时间懂得我们的同频，不忍打扰，去了别处。她的身体突然开始有节奏地抖动，开始时只是手指、前胸，后来抖动蔓延到整个上半身，后来全身开始抖动。整个过程中，我保持着均匀的呼吸，双手一直轻柔而平稳地陪伴着她，从未远离。我听从着直觉，让心声变成了口中的声音，在她耳边耳语：

我在这里陪着你。别害怕,我不会离开。

她没有睁开眼,眼角滑落了两行泪水,嘴角开始嚅动,从小声啜泣到号啕痛哭,而身体的抖动越来越剧烈。不知道过了多久,她的身体从抖动进入了巨大的宁静。那一刻,我能感觉到她的脉动,我们的身体似乎变成了一体。那一刻,我的手似乎在抚摸着她的心,我的心似乎从她降临世间的那一刻起,伴随着她穿越了一生——从牙牙学语、蹒跚学步,到所有的沧桑、喜悦和悲伤……

她深深吐出一口气,从按摩床上缓缓坐起来,轻轻拂去眼角残余的泪,感激地注视着坐在一旁的我。我们并不知道那抖动的背后,是怎样的故事或创伤,是在胎儿时期,是在幼年,或是成年。

那一刻,回溯那些信息显得不再重要。我安静地注视着她的眼睛,在心里默默对她说:"触摸着你,像触摸神灵。"

她的脸庞如同花儿一样绽放。

我知道,她的身体听见了。

就像曾经的我,静静躺在那里,感受到巨大的宁静时,所听见的一样。

一句话，
一辈子

如果掰指头算算，和艾瑞的那通视频电话已经是2640分钟前的事了，但那一瞬间艾瑞惊讶又感动的神情仍不时浮现在我眼前——

挑高的浓黑眉毛，湿润的眼睛，深长的吸气，微微张开的嘴巴……

2639分钟前，在我和萝卜与艾瑞互道珍重，将要挂断电话时，萝卜突然看着艾瑞，说了句："今天是我第一次看到你西班牙裔的这一面如此清晰。"

一句话，让视频两端的艾瑞和我都愣住了。

我一直以为艾瑞是德裔美国人。她的雷厉风行、果敢担当、自信有力，伴着略带德语口音的英语，给我留下了深刻印象。

可伴随着萝卜的话，我再看向艾瑞，同一个艾瑞，却似乎真有着大不同。艾瑞的头发此刻顺直地搭在肩上，而不是像往常那样清爽地梳向脑后。艾瑞的头微微侧向一旁，而不是像平日里那样坐得笔直。在艾瑞刚才提到即将长大成人的儿子时，那份母亲的牵挂和温情似乎透过电脑屏幕扑面而来……

我有点分不清，自己这些"马后炮"的观察是萝卜话语的暗示，还是说这些非语言的信息其实一直都在，只是在这一刻被带到了意识层面之上。

屏幕那端的艾瑞显然也被这个触探句[1]惊到了。"Wow"，艾瑞说，"我几天前刚处理了一下自己和父亲之间的关系……很深、很难……但释怀了许多背在身上多年的旧伤……你知道的，我的西班牙血统来自父亲这边……我以前很少承认自己的这一部分……Wow，你竟然能看到……唉，这么多年，我对这一部分都是避而不谈的，我不愿想起和提及，因为有太多伤心的回忆交织在里面……承认德裔的身份，对我来说是更自然的事情……太神奇了，我先生经常说，当初他爱上我时，爱上的是我西班牙文化的这一面，没想到后来娶了我后，我越来越'德国'……"

---

[1] 触探句（contact statement），指治疗师基于来访者当下的呈现，给予描述的短句。触探是哈科米疗法的基本技巧之一。

艾瑞有点语无伦次，似乎还在余震中。

萝卜的看见让她更柔软了些，艾瑞的整个身体向后靠了靠，最后靠坐在椅子上。在我们挂断电话时，我能看到艾瑞眼角的晶莹，以及嘴角那份被深深看见后的欣慰。

"Wow"，我对萝卜说，"你是怎么发现的？怎么会突然想到了她的西班牙血统？"我仍回味着萝卜刚才和艾瑞的互动。

"我也不知道。就是一种非常强烈的感觉涌上心头。我能感觉到她的魂（I can feel her soul.）。"

"如果你没提到她的西班牙血统，而只是说她今天好像'更甜美、更热情或更温柔'，可能都不会引起她这么深的震撼。"

"是啊，和艾瑞认识这么多年，真的很少见到她这一面。我好像慢慢默认了她是德裔。但今天，那股西班牙的味道实在太浓郁了，好像被压抑了很多年的那部分她重新回了家。"

"如果她'西班牙裔'这一部分身份认同能够复活，或许她和先生、儿子的关系也会有巨大的转化。好为她高兴。"

"会的。她已经在更加'完整'的过程中了。"

虽然艾瑞不是我和萝卜的来访者，我们刚才也并没有在做个案。但是萝卜那一刻的触探，一下子深化了我们和艾瑞之间的关系。沟通的深度从家长里短一下子进入了更深的层面。

一个人疗愈深化的过程，如一幅巨大、复杂、细碎的拼图各归其位的过程。身体、情绪、心灵、关系、记忆……不同的图块，都渴望着找到自己的一席之地。一个都不能少，少了谁都不完整。而这幅拼图渴望的恰恰是完整。

愿你越发完整，愿你所有的部分都得以安放。

我的救命稻草，
我的坑

从没想过，让我迟迟没有被哈科米疗法认证的，是我的聪明和善解人意。

收到邮件正式成为哈科米认证治疗师的那天，很巧，是藏历新年。那天的雪云天，纯净灿烂得不像话。哈科米创始团队的乔老师写给哈科米国际机构的认证我的邮件，我反复读了好几遍，眼眶依然湿润着。那天之前，我收到哈科米另一位老师的邮件，她说梦见我了，在梦里，她和我一起在不丹教课，我终于见到了她的老师。

想写写让我迟迟不被认证、掉了无数次的"坑"。

说来好笑，这个"坑"，也曾是我的救命稻草：仰赖着它，我从河南小城走出来，看了些世界，陆续考上国内外的顶尖大学；仰赖着它，我零经验地摸爬滚打，在自己参与创立的教育公益机构里，担任了多年政府公共关系总监。现在回头看，着实心疼当年稚嫩的翅膀飞得那么吃力，但毕竟是飞起来了，一路还交了不少朋友。

没想到，这根救命稻草，竟会在生命的另一个阶段，成为阻碍我成长的天花板。这根救命稻草，这个坑，是我的聪明和善解人意。

我成长的环境让我对情绪极为敏感，稍有风吹草动，就能嗅出危险的味道，然后会赶在危险降临前，把心门牢牢关上。我看似刀枪不入，一脸满不在乎，任大人们施展怎样的情绪风暴都无法摧毁我的心。看起来我总是可以全身而退，退回到我隐蔽的内心，只有那里有些许安全和宁静。如果我不这么敏锐和迅速，总敞开着心门，怕是早就被扑面而来的风暴撕碎成渣了吧。

这份对情绪的敏锐"嗅觉"，让我从小就是很多人的知心姐姐。在这个多数人都渴望表达，却很少有人愿意聆听的世界，懂得和愿意聆听是一份稀缺品。而我多数时候都愿意聆听，再加上脑子转得不慢，所以，我要么能迅速听到对方的心声，要么能准确猜出对方的心声。

直到哈科米培训师乔老师在督导时一次又一次让我暂停，点出我的这个特点——

"你刚才回应来访者的方式，是你的解读，并不是当下的发生……"

"那个触探句，你比来访者走得快了，可能来访者之后也会到达，但现在她还没有。你比她快太多了……"

"你可能是对的，但那并不是来访者当下的体验……"

这些话如果是别人说给我听，我未必马上就能听进去，但说出这些的是哈科米创始团队的乔老师。当年哈科米流派被创立时，创始人朗·克兹博士以精通个案示范见长；在教学上，则多亏乔老师的理论梳理，哈科米才成了可以被学习和教授的流派。像现在哈科米的"深潜四步骤"等许多经过理论归纳的操作，都出自乔老师高度发达的大脑。有时候听乔老师和萝卜在电话里闲聊讲笑话，我就像只小黑猪，要好久才能品味到笑点。等我哈哈大笑时，他们已经又聊远了。

我从一开始就知道，在诸多督导老师中，想要被乔老师认证是更难的事情，但自己仍想试试。虽然这个过程可能会更漫长，冥冥中，我知道乔老师给我的点拨，是我此刻的生命、专业的进步需要的。如果乔老师愿意这么一直指点我，那么就算自己一直不被认证，也挺好的。

记得多年前，我在培训中观摩过乔老师的一个个案，案主是一位伊朗裔小哥,就叫他穆汗吧。他俩刚面对面坐下不久,只见乔老师几次触探,他俩就已经从日常对话,乾坤大挪移般地切进了穆汗意识的深处,空留我在原地,微张着嘴,搞不清楚去时的路径在哪,也搞不清楚他们是怎么携手去到那里的。当时,我只觉得在看变戏法,佩服不已。

在乔老师不厌其烦的点拨下,我突然就开始理解了我的坑——也就是我的救命稻草。

因为有些小聪明,我能很快捕捉到对方沟通时的各种讯息,迅速形成判断、理解和解读,有时候也恰恰符合对方的体验。一来二去,这样被正向激励多了,就觉得自己的理解八九不离十。有了这份信心,哪怕有些时候没理解到对方、被纠正了,也并不会打击到我的信心。

从我的角度看,我愿意聆听,能迅速理解别人,形成解读;反馈给对方后,又总让人觉得豁然开朗——这样一来,我就更加愿意聆听。这个循环运转得挺良性的。就像跑步,我的快,可能会让我跑到对方前面,偏偏我还愿意回过头,耐心等待,给对方鼓励、加油。我这陪跑教练看似做得不错。

从来访者的角度看,在现实生活中,大部分人都太缺乏被理解、被接纳的体验,而我的愿意理解、专心聆听,以及时不时让他们"醍醐灌顶"的这种体验，足以让很多人不断回来找我，想继续体验这份被理解、被抱持和被点拨。就像和你一起跑步的人，他不仅会跑，还愿意带着你、等着你、教你诀窍，给你加油鼓劲儿，而不是羞辱你，这可能已经很不错了。

但如果止步于此，我也就这么着了。在认证前最后一次督导后，我写邮件给乔老师：

> 乔老师，我好像明白了，我出色的理解力和善解人意，也可能会成为认知的牢笼。某种意义上，我的理解和解读也可能成为一种限制，限制对方看得更远。
>
> 乔老师，我不希望成为一个被仰视的老师，让别人觉得活成我的样子就是了不起，那将是我的失败。我希望我的学员能借着我的力，看得更高更远。

邮件发出后，我就收到了乔老师的认证邮件。

在祝贺了我被认证后，他说："被认证就像是被授予了跆拳道黑带，这并不意味着从此以后你需要做完美的个案，而是意味着你进入了这扇大门，一切才刚刚开始。"

谢谢乔老师，让我看到过往那些出于求生本能被训练出来的高效、快速和聪明，不再需要像救命稻草一样被我死死攥住。从今往后，它们也可以安静生长，可以长在我的花园里，被我浇灌和欣赏。

就像乔老师说的：在个案中，我只是掌管着进程，而我的案主，掌管着我（I am in charge of the process, and the client is in charge of me.）。这是一种，更大的信任。

第五章

农人生活

海的
眼

许多正念指导语喜欢用海浪声作背景音,好让人放松下来,而这里的海浪,是真的。

椰子树下的海滩上,随处摆放着灰色或赤色的塑料椅子,供修行人安坐。无论什么时候来,凌晨三四点,午夜时分,都有安静独坐的身影。

今天是在寺庙的最后一天,明天四点就要起来,赶往印度北部的乡村了。三个小时大巴,三个半小时飞机,再加四个半小时大巴,就到了。

虽然小伙伴说在寺庙里常常只睡三四个小时精神就养足了,可这样的长途跋涉,身体还是有一些辛苦。

临行前,我和萝卜手牵着手,再次来到海边,和这里的海告别。这里的海很野,像狂狷难驯的心。海浪在朝霞落日中,见证着许许多多朝圣的灵魂。

来印度前,游学的小伙伴听说会在海边禅修,还兴奋地带了泳衣,一到寺庙便激动地问我可不可以去海里游泳。后来自己跑到海边看了一眼,不吭声了。

海边的夜风带着点咸,虽然现在并不是印度最热的季节,对印度本地人来说,或许这已属凉爽,但对于外来游客来说,这里确实热到不行。一瓶一瓶往肚子里灌的矿泉水,化作一滴一滴热汗从额头鬓角滑落下来。

海边的路灯高过椰树,仿佛亮过太阳。夜已深,几个黝黑的印度小伙还在收着渔网,一些小虾小鱼在海滩上白色的渔网里,已经不再动弹。

我们背着白色的灯光走开,萝卜边走边说:"如果灯暗些,就更有情调了。"

我想了想,说:"灯暗了,渔民收拾渔网就不容易了吧。"

萝卜说:"也是哈。"

我俩往可以看见星星的暗处走去,渴望在黑色的安静里找两把塑料椅子,看一会儿海。在近海处一堆垒高的石块前,我俩坐了下来。

"这些巨大的石块该不是本来就在海边吧,像是一堆垃圾。

工人干完活怎么不把这些大石块清理干净呢？"我说。

萝卜没有回应，过了一会儿，说："这些巨石，怕是防止过大的海浪毁掉岸边的房屋，才堆在这里的吧。"

我说："也是。"

我俩在黑暗中不好意思地相视一笑，习惯的视角让我们轻易对不同视角下的事物产生了评判和建议。我们在意的是诗意和整洁，而海边的渔民，更需要安全和实用。

不同的视角之间，并无高下之分。而能够接纳涵容更多视角的，才是进化的视角。我们需要彼此的提醒，兼容更多的视角。

小偷
家族

娃娃吃饱了，在阳台上晒着太阳。我正专注地研究着建一个蚯蚓农场的事。知更鸟安静地吃着我撒在阳台上的瓜子。蓝莺是大嗓门，一边吃一边呼朋引伴，恨不得带团来吃。日子安静得只有茉莉花的香气入鼻。

突然，娃娃汪汪叫了起来，我扭头往门外看，娃娃正摇着小尾巴，兴奋地看着远方。好奇怪，娃娃几乎从来不叫，我甚至都记不得上次听到娃娃叫是什么时候。

循着娃娃的目光望去，原来，是三只鹿。鹿妈妈带着俩孩子在花园里吃花呢。山上的草都干黄了，不好吃。我的园子里天天浇水，草儿仍绿，花儿正甜，还是有机大餐。

未种花的时候，看到小鹿吃花，觉得美好可爱；种花以后，再看小鹿吃花，觉得吃的就是自己的娃。上回，鹿下山来，把我蓝色梦幻的两棵绣球，啃得只剩几片残叶，看得我心疼内疚，觉得亏欠绣球，我没照顾好它，却无意间把小鹿们招待周全了。

我的小花园色彩越鲜艳，越成了小鹿们喜欢的饭馆。我跑去买了防鹿喷雾，给花儿草儿全都喷上，可水一浇，花儿就又掉了啊。我又想起是不是可以去买点山猫尿洒到园子里，这样小鹿就不敢来了。还没顾上，小鹿又大驾光临了。新栽的绣球新芽刚露啊，嫩嫩的小蓝花才有两三朵。

情急之下，我也汪汪大叫了几声（鬼知道这是什么灵感和招数）。娃娃扭头看了我一眼，无语地进屋睡了，可能是觉得有点尴尬，也可能觉得妈妈在就可以搞定了，它不再需要做看门狗。可鹿妈和鹿娃却还在，似乎一点也没被我的叫声吓到，而是在好奇这是什么新品种的狗子，这么大个。

看见小鹿圆圆的眼睛，萌萌的样子，实在气不起来。只好回来预订了山猫尿，看看是否管用。

临睡前，我还在跟萝卜念叨：

"你说，小鹿晚上睡觉吗？"

"应该睡吧，你问这个干吗？"

"那我就放心了。月季还开着呢，你说它们今晚会不会来吃啊？"

"应该不会的,放心睡吧,你会天天吃一个馆子吗?"

"会呀。"

"……不会的,睡吧。"

闭上眼,眼前都是娇艳的玫瑰,默默祈祷。早知道,今天再多看它们一眼。无常常在,连花也躲不过。

青山

常运步

森林用了一下午炙热的阳光等待我，而我却未赶上。有些细碎的事情在手边，摸摸弄弄，光阴就溜走了。

等我迫不及待地抵达，林已睡去，万籁俱寂，鼾都不起，只剩下斑驳树影。

加州罂粟睡得最早，那绽放的金黄花瓣都已收起。林子里的傍晚舒爽，这就是它的衣了。

这是一条幽静曲折的林间小道，我不曾来过。一路上坡，娃娃跳着跑。

红杉的根深深嵌进泥土里，露出的那些根茎，则成了行人的台阶。脚踩上树根，心被牢牢地抱持着，像在母亲怀里。

或许是新雨刚过，黑棕色的泥土踩上去像放久了的巧克力蛋糕，松弛，又有那么些硬。

一路上坡，林中的景色也在变化着，红杉喜阴，桐树喜阳。快到山顶处，桐树叶铺满了小道，它是倔脾气，边边角角都是硬刺，像是在警告：谁都别想来欺负我，否则你试试。

鸢尾花看起来纤弱无骨，花茎和轮廓都透着纤细和精致。洁白中那抹渐变的浅紫浅黄，像是技艺纯熟的画工用细细的毛笔勾出来的。

小径两旁都是鸢尾花颀长优雅的身姿。虽然纤弱，却不知有着什么护身法宝，山中鹿多，却不食它。独生于幽谷中，我为它们感到庆幸。城市里，许多人肆意地扭断花的脖子，掐掉花草的细芽，再随手丢掉，就好像它们没有生命一般。

没指望能在天光黯然前登顶，却意外抵达了。山顶有缭绕的云雾，如蓬莱仙境，夕阳未尽，风中树上的枝叶在欢喜地抖动，这是自然和谐的画。

著名的一休禅师问："心是什么？"它是山林松柏间的微风吗？无论何时，只要不分心，存在于这一时刻，生活就变得神奇。神奇是每棵树、每丛灌木、每块石头生命的神圣，是灿烂的眼眸、是某人的脚步，是你脚下脆响的叶片声。

若是看不见这树的尊严、叶的尊严、花的尊严、草的尊严，若是体会不到每一个生命的高贵、每一块石头的高贵，谈什么人类的尊严呢？！

人类的尊严又可以独立于其他生命的尊严单独存在吗？

* * * *

青山叠嶂，升起的浓雾给绿色的山坡盖上了一层厚厚的雾毯。

红杉、桐树、松柏、桉树都在云雾间深情地呼吸着，感受着天地精华的润泽。

云雾之上，仍有着太阳的温度。

太阳不急不缓，每天照常升起落下，静待着有一天，人类醒过来，懂得和平的真正内涵。

一只灰鹭，立于屋墙，一动不动。不走近看，分辨不出那是真鹭，还是鹭的雕塑。我想弄个究竟，走近了些，鹭未惊，仍对着云山雾谷，静思冥想。终于，它变换了一下身形，舞动着长翅，飞向了屋顶最高处，落脚即安。然后，远眺着静静的山谷，内心和平，没有一丝惊扰和犹疑。

土路
人家

黄昏时,我们喜欢去附近一条土路散步,看劳碌了一天的太阳悠悠隐入群山,等最后那抹晚霞,荣耀那棵果实甘甜的苹果树。

土路的那一头,通往稠密森林。

春日里,我们并不往林子里去,而是折回来,走土路。

被积雪浸泡一冬的土地,处处是春天的泥巴。雨水聚成的小溪流,就算穿着登山鞋,双眼紧盯每一个落脚处,也难免鞋袜湿冷。

雨从天来,入地,入湖,入了泥土,再以云或雾的模样回到天上。它可不是一无所得,空来一趟。

这一来一去中,水以不同形态,领略着人间模样。

因为土路有尽头,人车都不多。几公里的路上,也就两三户人家。我们爱把车子停在路尽头的草地,下了车,折回来,慢慢走。这样,娃娃也可以用它自在的小步伐,慢悠悠地在后面走,多慢都可以，我们也不催它，反正无车来扰。

有一次，走着走着，我牵着萝卜的手突然一紧——"那是什么？"我朝左前方的大枫树下指着。我的直觉告诉我，那里有动物的尸体。萝卜走了过去，我眯着眼远远地看——是只匍匐在地的火鸡，羽毛完好，色泽还很显眼，不像曾被狼熊侵袭。

"或许它走着走着，太老了，走累了，想趴下来歇会儿，就过去了。"萝卜说。

它的家人呢？火鸡很少有独自行动的。家人在它离开的时候，有所察觉吗？会哀伤吗？还是匆匆继续觅食去了？我们猜测着，没有答案，也无法还原。

希望它是只寿终正寝的火鸡。

它选了这条几乎无人经过的土路，选了这棵枝繁叶茂的大枫树，选了春天。它太累了，想打个盹儿。或许它什么都没选，正想着接下来去哪里觅食。结果，一个呼气后，吸气不再来，它就散了。

去年春天，我们来土路上散步，发现路中间那户人家门前的郁金香开了。

我们驻足赏了会儿郁金香，屋里的主人一脸笑意地走了出来，是个帅气的小伙子，相互问候之后知道他叫卢卡斯。

和我们一样，他也是从繁华都市刚搬到佛蒙特，一同搬来的，还有新婚太太蒙瑞莎。他们相识于朋友的一场婚礼，一见钟情。疫情暴发后，在惊慌与孤独中，他们找到了彼此，没多久就结了婚。这里便是朋友举办婚礼时他们相遇的地方。他们干脆买了下来，布置成二人的婚房。

好浪漫的爱情故事。我和萝卜笑着听他讲述，为他欢喜。

卢卡斯敏感而温和，和萝卜聊得来。他的小黑狗和娃娃也彼此好奇，转着圈彼此闻着尾巴，一圈又一圈。厨房里正忙碌的蒙瑞沙挥动着手臂，向我们问好，屋子里飘出烤肉的香气。

卢卡斯和萝卜互相留下了电话号码，并且约定，接下来一起约时间散步。"蒙瑞莎做菜很有一手，下次咱们可以一起聚餐。"

那次和卢卡斯打过招呼后，虽然我们又去过土路多次，但再没见过这对年轻的夫妻。萝卜主动联络了卢卡斯几次，都没得到他的回复。这也让萝卜有些意外和失望。

"难道他当时只是客气客气？不太像啊！"

时隔几个月，卢卡斯终于回了信息：

"抱歉，萝卜，蒙瑞莎最近搬走了，我需要处理的事情实在太多。"

萝卜没再深问，如果卢卡斯想说得更细致，他会的。

我和萝卜再次到土路上散步，一条威武的白色萨摩耶安静地守望在那片土地上。那只小黑狗呢？卢卡斯呢？蒙瑞莎呢？我们眺望着，好奇着。

主人走了出来，早春风大，但他穿得很单薄，搓着双手，出来打招呼。

"你好，我是这里的新租户麦克。我们住了二十多年的房子这个冬天被烧毁了。幸好卢卡斯及时把房子租给了我们。我这三条狗、两只猫，想找到足够的空间还真挺不容易。"

"卢卡斯搬走了吗？"

"他离婚后，应该一直都在旅行中吧。这个月应该在墨西哥。"

又到了郁金香的季节，黄的、粉的、绯红的，我看着蒙瑞莎种下的花，不知道佛蒙特的清冷是否让在纽约长大的她觉得孤独，所以离开。

还没来得及好好相识，也还没来得及好好告别。

只用了一个大风的夜晚，麦克的房子就没了。电线被刮断着了火，听麦克说，因为离水源太远，救火队员连了六辆消防车，才引到水。等这一切都完成，房子已经烧得差不多了。他眼睁睁看着和家人生活了二十多年的房子，一夜之间，成了灰。

只用了一个寒冷的冬天，卢卡斯和蒙瑞莎共筑的爱巢就已人去楼空。那一见钟情的狂喜,新婚蜜月的热情,还是没能经受柴米油盐的洗礼。绿山之青,夕阳之暖,也没能帮着培育这段婚姻。

只用了一条地广人稀的土路,我们就遇见了夕阳、雨水、那只寿终正寝的火鸡,还有一段聚散,一夜无常。

那几朵感受到春天律动的郁金香,黄的、粉的、绯红的,依然耀眼。它的花期,大约二十天。

一宅
一生

萝卜在 Estate Sale（家庭物品拍卖）网站上看中了一个绿头鸭摆件，他兴致勃勃拉我去看实物时，我也一下子被那泛着金色的绿脖颈和逼真模样吸引了，同时也在思忖：买回去，放哪？

一旁的玛丽似乎看出了我的犹豫，说：这种材质的绿头鸭摆件，可以直接放在户外池塘。鸭脖上系根绳，拴在池塘边的石头上，就不会被风刮走了。

玛丽是这次 Estate Sale 的组织方。虽然组织 Estate Sale 的公司不少，但我们来得最勤的就是玛丽组织的。哪怕地点远在几十公里外，只要时间允许，我们都乐得来淘。有时候可能就只相中了一个手工的小花瓶、小花被，有时候可能会带回一幅油画、一个小板凳。有时候啥也不买，单就想来这些各具特色的屋里转转，在房屋的收藏和布置中，感知原主人生命的痕迹。

每走进一间屋，只要用心慢慢去嗅，都可以感知到许多帧画面和记忆。

从那棵挂满了喂鸟器和鸟屋的大树上，我能看到白发苍苍的女主人静坐窗前读书听鸟的模样；从那片铺满了木屑覆盖物的细长形袖珍花园，我能看到主人半蹲在地上，戴着手套，拿着铲子，在秋天里种下黄水仙和郁金香球茎的画面；那间有着大落地窗、老音箱和舒服躺椅，书架上摆放着古老杂志的书房，我能感受到主人打完球回来，洗完澡湿着头发，打开音响放着古典乐，一屁股坐在躺椅上那一刻的舒畅；那摆放着六个大大小小粉色抱枕的小床，还有房间里同色系的玫瑰窗帘、桌上穿着小粉裙的小熊，或许属于夏天来外婆家度假的小姑娘。

以往的 Estate Sale 多是老人故去后，处理遗物的一种方式。儿孙或不在身边，或对老人的遗物不那么执着，就会将遗物打包交由专业公司打理——标价，变卖，最后变成数字打回账户上。好处是简单干脆、省时省心。Estate Sale 的价格往往比古董店便宜许多，这样也会吸引附近的许多居民或古董店老板来淘。如果提前在发布信息上看到特别心爱、一定想买到的东西，一些勤奋的买家，早上 4 点多就会来排队等待。

Estate Sale 并不局限于处理故人遗物。人们卖房搬迁时，通常也会以这种方式把不能、不想带走的家具、饰品、厨房用品、衣物等处理掉。在富裕小镇，不少房屋都是度假屋，并非屋主的常住地，这里房屋的售卖流动率会比较高。我和萝卜乐得在周末借由 Estate Sale 的机会来欣赏这些精美的度假屋和花园。

第一次去玛丽的 Estate Sale 时，她的先生鲍勃还活着。

那天是萝卜的生日，我们从一个小镇的餐厅饱饱出来，突然被一条未曾注意过的土路吸引，索性跟着直觉开了过去。远山云雾缭绕，路旁繁花朵朵，美如仙境。

这里不同于近郊和镇上的房屋规划，青山、绿树、草坪、河流是风景的主角，偶尔在山坡上或河流旁，会镶嵌一两处或红或白的木屋，互不侵扰。

突然就出现一处红色的房屋，溪流环绕，木桥点点，对面还有一个巨大的被改装成了住所的马厩。近处是草坪，远处是湖泊。草坪一侧停满了车，人们进进出出，我和萝卜实在好奇，下车去问，才知道这里有 Estate Sale 正在进行。

我和萝卜像进了一间私人博物馆一般，兴奋地穿梭在房子里。每个房间都被刷成不同的柔柔的色彩，浅黄、浅绿、浅红、浅紫，在屋顶和墙壁交界处，绘着同色系不同形态的植物，有水仙、牡丹、芍药。

厨房里收藏着许多精致瓷器碟碗。装盐和胡椒的小瓶子,是两只小火鸡的形状。阳光房的玻璃门上,挂着彩色玻璃,上面绘着许多青色蜂鸟。大小样式的木鸭或灰或彩,摆放在木拱梁上。玻璃壁柜里,木鸭们头都朝向一侧,羽翼上被标注了不同的价签。

"坐在咱左边的是女屋主,花园那儿坐着的是男屋主,哇,他们都九十多岁了,看起来还很健康啊。"我循着声音的来处望去,两个四五十岁的女性,正指着窗外的花园小声交谈着。

窗外,是一片种满了芍药的花园,粉粉紫紫,很柔软。那时候我还不知道窗外那个高高大大、头发卷卷的女人叫玛丽,也不知道她就是这次拍卖的组织者之一,我只看到这个高大的女人正半弯着腰,一只手搭在坐在花园长椅上的老人背上,像在安慰着。一条瘦削的黑狗蹲在老人身旁,看着人们进进出出,时而趴下,时而抬起头,再趴下。

我捏捏萝卜的手,和他交换了一下眼神。原来,突然间感到不忍的,不止我一人。

坐在阳光房一侧木椅上的老太太,背靠着窗外,下巴倚在拐杖上,看起来没有太多表情。人们的注意力都在物品上,楼上楼下,扑扑通通,行色匆匆,唯恐自己看中的物件价签先被他人撕了去,空欢喜一场。没有谁注意到静如一物的老太太。

老人们平日里很爱安静吧。就连那好奇的黑狗，也只是静静地看着这正在发生的一切，不吠一声。这么多陌生人，包括我和萝卜，进进出出，捧着喜欢的装饰品，扛着花色的沙发、雕琢精美的木椅，付钱离开。

买卖突然就变成了无声的侵略，我们也是入侵的一员，拆解着两位老人苦心经营的一生。我仿佛能看见老太太捧回那只新木鸭时的得意神情，也能看到改造马厩时，老先生在木工房里切割木材的专注模样。

一片一片，漫长岁月里的欢喜和积攒，就在眼前，一点点消散。这里住着两个老人的一生。

脑子里有太多叙述在同步发生，我深吸一口气，决定和老太太说说话。

我走到她一侧，蹲了下来。老太太耳朵有点背，我靠近了些才让自己被她听见。通过交流，才知道，他们年事已高，儿子住在外省，再三劝他们把房子卖掉搬去同住。两位老人一拖再拖，去年冬天，老先生一不小心滑倒在门前的冰上，虽无大碍，还是卧床了几个月才恢复。这加速了他们决定离开的进程。

我点头谢谢老太太，祝福她一路珍重，告诉她："谢谢你的用心收藏，我们会继续好好保管你的这两盏台灯。"老太太笑了笑，点头致谢。

这是他们住了一辈子的土地，他们和新屋主达成了共识，在他们过世后，仍然可以葬回这片土地。我望着老太太背后的窗外，那镜面般的湖泊和湖边松柏下的秋千，可是以后两位老人墓碑会在的地方？

萝卜小心翼翼从卧室抱着那两盏古董明珠灯，要去付款。乳白色的明珠上，有着镂空花草的模样。我们和草坪上的鲍勃打着招呼，付钱后就要离开了。

"没有比 Estate Sale 更好的庆祝生日的办法了，谢谢你们的组织。"萝卜向鲍勃致谢。

"这两盏灯是送给他的生日礼物，是二十块对吧。"我也谢着鲍勃。

"恭喜恭喜，十五块就拿去吧。生日快乐。"鲍勃看起来只有五十出头，身体健硕，戴着圆框眼镜，笑起来很友善。谁承想，再过九十多天，健硕的鲍勃，就会在一个稀松平常的早上，因心脏病突发，抢救无效而突然离开。

我是在搜寻下一次 Estate Sale 时，无意在新闻上看到鲍勃的讣告的。看到讣告时我的第一个念头是：天哪，这么突然，玛丽接下来还会继续他们共同经营的事业吗？

Estate Sale 还在继续,玛丽撑了下来。

我手里捧着绿头鸭,扭头看了看一旁的玛丽,向她点点头。接下来,萝卜和我会接替原主人,继续爱它许多年,直到新主人出现。

芍药
与顽石

最近没工夫写作。有工夫的时候,都在刨地。这不,趁着天阴,日头不见,我又去刨了四个大坑回来。这会儿全身的汗还没有落下,双手微抖着——因为握锄头握得紧,刨得用力。一边手抖着敲下这些文字,一边还惦记着写完去旁边农场讨牛粪的事儿。

我掰着手指盘算着那几株粉粉白白的芍药寄来的日子。像是精心准备着婴儿房的产妇,在待产的日子里,心花怒放,诚惶诚恐。

英文中苗圃园叫作 Plant Nursery,我特别喜欢这个名字。Nursery 也有幼儿园的意思,直译过来就是"植物幼儿园"。本地的几家植物幼儿园老板都遗憾地告诉我,今年不知怎么了,花儿卖得很快,牡丹和芍药早就已经卖空了。

这几株芍药是我好不容易从外省的"植物幼儿园"里买来的。心仪的几个中国牡丹品种,早已卖空,只能盼望着来年春天早些下手。今年，先种上几株芍药再说。

我连牡丹和芍药都分不清楚，却野心勃勃想种出一片牡丹芍药园，最好在花海里再安个亭子。

理想和现实之间，还有八丈远。地已经有了，而我还得准备好知识、体力，以及花。一点一点来。朋友南希的那片看似不大的牡丹芍药园里，倾注的可是她和先生二十多年的心血。不急不缓走在芍药园里的南希，安详喜悦，看来照顾花朵的这些年，她也得到了许多来自花朵的恩泽和祝福。

从南希那里取经回来，我就开始给自己的"牡丹芍药产房"选址了——

这里会不会日头太大？

那里会不会被苹果树遮了阴？

土壤的酸度够不够？肥力怎么样？

靠近石头墙的话，会不会地里石头太多？

……

我光着脚丫子在草地里走了一圈又一圈，像个在自己家里迷路的孩子。最终，我选下了石头墙下离苹果树不远的一片草地。一来，这里朝南，光照足；二来，处于高地，不积水。至于这里土壤的肥力，先天不足，可以靠后天来补。等明年中国牡丹来了，就种在石头墙的另一侧。万里长征的第一步，就要从这里开始了。

虽然正值盛夏，但自从我贴近土壤后，日子是随着农作物种植和收割的时节安排的。我时不时会和远在大别山的爸爸通个电话，探讨的话题都是黄瓜什么时候上架，菠菜什么时候撒籽。

给芍药准备土壤的活儿，真的不能再拖了。这几天我睁开眼闭上眼想的都是这些。早上跑完步，连澡都没洗，我就直接戴上手套，出来刨坑了。

佛蒙特的土壤，出了名的石头多。一锄头下去，一块大石头。得耐着心、沉下去、变换着角度、转着圈刨。两锄头下去，还是石头本尊。三锄头，四锄头，石头还是那个石头……

然而，再大的石头也有边，再硬的石头也有被刨出来的那一刻。这期间需要的是耐心、巧劲和顺势而为。要找寻石头的边界，等待它从冥顽不灵到松动的那一刻。

就像和学员的个案中，兜兜转转，百转千回，突然发现，怎么又卡在了同一处"顽石"……有时候，学员会泄气："哎呀，表面看上去是不同的事在发生着，怎么转了一圈，内核好像还是同一个问题啊……"

是呀，卡在每个人成长途中的，常常不过是一两块顽石，无论怎样，都绕不过去。那是块大石头，需要从不同的地方刨下去、松土，直到某一天石头呈现出它的全貌，那时，就离真正移除它不远了。

隐藏在土壤中的部位越多，越难移除。就好比潜意识中隐藏越深的情绪和感受，对人的操控力越大。你需要有能力看见它，不断地看见它，直到你看清它。

一锄头下去，哎呀，不小心斩断了一条蚯蚓。看着它痛苦扭动的样子，我有些心疼和自责，向它道着歉。同时也侥幸，虽然不是每种蚯蚓断裂后都能再生，但毕竟有这种可能。

蚯蚓的这一属性，和那些植物和土地一样，向我呈现着许许多多的宽恕。第一天忘了浇水，第二天浇了，蔫巴巴的鼠尾草又活了过来；没有得到照顾的土壤，只要施以恰当的肥料，慢慢地，土地就会醒过来；一剪子下去本想剪去枯枝，却不小心错剪下正绽放的花骨朵，其他的花骨朵也不会赌气不再开放……

我感激着来自土地和植物的宽恕。它们从不笑话我什么都不懂，也没有因为我的无心之过而惩罚我，而是予以我足够的耐心，等待我带着诚心，学习如何更好地照顾它们。

刨完坑，需要增强土壤的酸度和肥力。我撒匀了矿物质原料和有机肥料，打算再堆上一层厚厚的牛粪、铺上一层护根覆盖物，沤上两个月。等芍药到家时，这片土地的肥力就差不多够它们生长了。芍药来的时候只有根茎,等来年雪化之时,芽叶便会从根部生发出来了。

我等待着,来年春天,顽石已去,芍药盛开。

第六章

这位朋友,
把名字写在水上

电梯里的
遇见

在海滩打坐后回到寺庙,拖鞋里顽固地留着几粒沙子,赖在脚趾间厮磨着,怎么也不肯出来。

我的步子越来越紧,像是带着风,穿的白色长袍的后襟都被吹了起来。我有点迫不及待,一心只想着赶紧进宿舍把鞋脱了、把沙子弄出来。

楼道里光线很暗,等电梯的,除了三五个人,还有一条系着红项圈的黄黑色土狗。我匆忙的步子让它扭过身子,缓缓抬头看了我一眼——深邃而沉静的眼神,震住了我。一条狗,竟然有这么巨大的安然和形神合一之态。这种安然,我在许多人那里都不曾见过。

这双熟悉的眼睛,是在哪里见过?难道寺庙的这条狗也在修行?我的头脑飞速转起来。

电梯门打开，人们互相谦让着安静地上了电梯。狗子也不急，从容上去。

它这是要去哪？它知道怎么坐电梯吗？知道怎么下来吗？

我盯着狗子，一个问号接一个问号。或许是我的头脑太喧闹，吵到了电梯里一位满头银发的女尼。

"是住持的狗子。寺庙里有两条狗，一公一母。它是公的。"老太太看着我，笑眯眯地回应着我脑子里的问号。

我突然想起，六七年前，住持带着大家在海边打坐时，她身边似乎的确坐着一只狗，黄黑的颜色，和住持一起坐在木台上，一动不动。

回忆和现实被这只戴着红项圈的狗子串联在了一起。原来我们确实是见过的。

银发老太太走出了电梯，狗子扭头凝视着我，我也注视着它。老太太呼唤了几声它的名字，它缓缓地出了电梯。

电梯依然上行着。旁边一个十几岁模样的印度男孩注视着我，他开了口，他的声音里有着坚定的温柔："它是和我同一年到寺庙的。"

"哦？你是哪一年来寺庙的？"

"八年前。"

"一直住在寺庙里?"

"是的,从七岁开始。"

"喜欢这里吗?"

"是的。我属于这里。"

和我说话的时候,我们彼此对视着。他有一双格外清澈的眼睛,长长的,有优美的弧线、浓黑的睫毛。

他的神态举止有一份不属于他这个年龄的安详和优雅。他看着我的眼睛,没有一丝躲闪和犹疑,满是允许和淡定。看来,八年的寺庙修行已经融入了他的生命和成长中。

"还会住多久?"我突然有些羡慕他。这个可能物质上一无所有的孩子,有着巨大的精神财富。

"很久吧。"

电梯门开了。他侧身让让,请我出去。我微微颔首,走了出去。

我回过头和他挥手告别。

他也挥了挥手。

"我想,我会在这里住一辈子。"他微笑着回答。

电梯门关上了,从此,他的从容和笑意印在了我心里。

或许,有一天,我会再次遇到他的沉静和安详。

被现代遗忘的
村庄

这座寺庙周围有大片土地,荒在那儿,草都不生。寺庙允许附近的农民无偿使用这片地,于是时不时就有村民放养的长着黑斑的小猪满地跑,在土和垃圾里拱。羊群也爱这旷野,在黄土地上转悠。偶尔有一两只孔雀扑扇着翅膀落下来,从容地在尘中走。在这里,孔雀是国鸟,并不罕见,在树上、在园子里,全是野生而非圈养。那一抹迷人的蓝绿,优雅而自由。

荒地上有个自来水管,附近的村民常常顶着水桶来这里接水。水管周围有两三个小水坑,山羊、黄牛、鸽子、鹦鹉、孔雀、狗……大家渴了都常来水坑喝水。鸽子还会一群群在水坑里清理羽毛。

寺庙大门的柱顶上,立满了鸽子。从早到晚,从日出到日落,也不飞走,高高低低,和门上的佛像一起,成了寺庙的一道风景。

鹦鹉比鸽子吵些,飞起来便是黄土上流动的绿。鸽子鹦鹉有时会同时飞起，一片灰白镶着几点喳喳叫着的黄绿色。路两旁只看到大片大片的油菜花，油菜花后面是古旧的牛粪堆成的房屋，有着蓝、粉、橘的色彩。

羊群里，远远看见一只羊一瘸一拐，跳得吃力。那只断了的腿在空中晃着。它前前后后踱着步子，酝酿了许久才从高墙上跳下土堆。我注视它许久，瘸山羊最终跳了下来，跑远了。它是被撞了还是被打瘸了，我并不知道，只知道这只瘸山羊这一世都要这么跳着过。

尘土飞扬，连着三天走这条小路，都看到这一路硕大的蚂蚁。我从没见过这么大而黑的蚂蚁，鼓鼓的大脑袋，似乎踩上去会硌着脚，甚至会一声脆响。我总是绕着蚂蚁走，却也不知道是否有蚂蚁丧命于我脚下。面朝黄土背朝天，说的也是它们吧。

我和萝卜还有老友史蒂夫在黄土路上边走边聊。史蒂夫曾是一位博士、心理学家、商人、电影导演、爸爸、丈夫。现在，他什么都不是，只是个戴着毛线织成的帽子，每天从只有三个床位的旅馆坐车来寺庙里打坐的老头儿。

史蒂夫说昨晚又停电了，没有暖气，旅馆窗户透风，他冻醒了，一夜无眠。这个严寒程度只在一百多年前出现过的冬天，每天的寒冷都是对心智不小的考验。

史蒂夫今年七十二岁。他很享受现在生活的简单和宁静，但也畏惧这里严寒后的火热夏天。而夏天的时候他还会在这里吗？他也不知道。

我和萝卜、史蒂夫并肩走着。没走几步，凉拖都变成了土黄色。厚袜子加凉鞋是这里流行的穿法，因为进寺庙要脱鞋，出寺庙要穿鞋，而地板很凉。厚袜子保暖，拖鞋穿脱方便。

没走多久，我们的前后左右就围满了孩子。男孩女孩热情地叫着我的名字。在德里机场时就有小哥告诉我，我的名字在印度是铃声的意思。孩子们问完我的名字就哈哈笑了起来，然后我的名字就成了每个孩子嘴上的铃声了："TingTing, TingTing, house house!"好几个孩子叫着，用手指着心口。

过了一会儿我才明白，他们是在邀请我去他们家做客。萝卜和我与史蒂夫好久没见，有许多话想说，这会儿并没工夫去村里，所以我摇头拒绝了孩子们，许诺明天再去。

摇了一会儿头，我才意识到在这里不该摇头，因为印度人摇头时表达的意思是"好啊"。孩子们听不懂英文也听不懂中文，所以这沟通有点无效。孩子们锲而不舍，继续"house house, TingTing, TingTing"地叫着。在这里，外国人去了谁家，是谁家的殊荣。

回到寺庙时，我的脸已经晒烫了。这里就是这样，温差大，白天晒，夜里寒。

寺庙里来了个瘸腿男人，一跳一跳，像极了那只瘸山羊。还没坐稳，他就拿起风琴开始弹唱，那么深情，那么沉醉，像是满屋坐着的人都不存在。每周四晚上，村里的男女老少都聚集在此唱诵。他们用歌声呼唤神的降临——"嗨，神，你在吗？请来这里。"

两百多年前，有位伟大的修行者在这座寺庙的落址处圆寂，人们在每周四用歌声怀念他。每到这天，村里人干完活儿就会带着孩子来寺庙，摸摸、拜拜住持的脚。住持会询问每个人的情况，哪家的牛难产了，谁的妻子生病了，谁说话说重了。今天来了位老妇人，一坐下就把手伸给住持看，估计是干农活时受伤了。

寺庙这里是他们倾诉的地方，也是他们和信仰联结的地方。

瑞纳今天也来了。她是个极沉静的姑娘，我去年就记下了她的沉静。今年的瑞纳长高了半头，她总是偷偷打量我，等我遇到她的眼神时，她又会羞涩一笑，把眼神转开。

瑞纳身边坐着打扮鲜艳的妈妈。昨天到她家做客时，妈妈用柴火烧着好喝的奶茶，瑞纳端来一盘面粉做成的甜点。孩子们眼巴巴地看着那几块掰开的面块儿，馋得不行。他们的年收入估计顶多也就两三万人民币吧。这是他们能拿出来的最好的招待客人的点心。

不一会儿，村里的女人抱着孩子们都来了。年轻些的女孩儿，用彩色的纱巾遮着脸；年长些的，才会露出整个脸的轮廓。

瑞纳有五个弟妹，她是老大。第二胎是女孩，第三胎又是女孩，第四胎还是女孩，第五胎还是，弟弟终于在第六胎来了。这时妈妈才停止了生产。嫁女儿需要丰厚的嫁妆，所以在许多印度人心里，是不愿意生女孩的。临走时，我看着瑞纳忽闪忽闪的大眼睛，想着这个女孩儿会有的未来。她有机会上学？会嫁到村里的人家吗？会生几个孩子？会被丈夫善待吗？

临走时，我取下玫红色围巾递给了瑞纳。她低垂着大眼睛收下后就马上跑回了屋。等我们走开很久了，突然听到有人在背后叫着，回头一看，原来是瑞纳，她手里捧着一团黑色的东西，一路小跑过来。把黑色的一团布塞到我手上，就跑开了。

我打开一看，是一条镶着金边的纱巾。我把它围在头上，半遮着脸，向瑞纳挥手。瑞纳远远地，捂着嘴在笑。

萝卜说，这里的村庄，还保留着古老的模样。人们还没有被文明和科技浸泡，还没有被金钱、现代化和焦虑席卷，有着被时间忘掉的宁静和顺应。

看过了他们的笑容和自在后,我对自己比他们"更进步"的想法反而不那么确定了。

Listen,
你不必总是道歉

胡、萝卜、娃就要搬到东边的农场去了，最近我在看的书，都和农场、花园、养殖有关。有夫妻俩把荒宅打造成美丽花园的书，有如何管理农场的书，给自己打气，要照顾好那片土地。那些在想象里早已被我拥入怀中的小猪、小猫、小水牛、小羊、小鸡、小鸭……似乎已经在"咩咩""喵喵""嘎嘎嘎"了。

萝卜呢，这阵子正在和房产中介联系，做最后的交接。美国这边买房子，多数情况下，买主卖主互相都不会直接见面，两边的沟通全靠代表各自权益的地产中介。

农场这边，地广人稀，正合我意。农场里的房屋是老房子了，已经204岁。排水系统、电力系统、屋顶、墙壁、地板、壁炉、下水道、窗户、水质、保险，处处都要了解，该维修的维修，该重装的重装。这方面我经验少，词汇量也跟不上，都是萝卜在负责，我帮不上什么忙。看萝卜一天到晚打电话远程物色管理水工、电工、检测员、保险公司，我在旁边也挺心疼，只能做好吃的、打扫房间、管理一些我力所能及的，给些精神支持和鼓励。

我能替萝卜分担的一个任务，就是想想如何处理现在的房子。等我们搬走了，怎么把现在的房子租出去呢？这听起来简单，真的着手还真不容易。长租还是短租，房子里现有的东西怎么处理，谁来帮忙管理清洁，下水道不通、钥匙丢了、漏水了，房客可以联系谁，洗浴床单怎么买、买几套……

决定了短租后，我就开始物色管理人员了。上网搜了搜，果然有人专门负责管理短租房。比较了一下，Lisa引起了我的注意。Lisa的主业是名律师，因为这几年自己的房子短租很成功，她就萌生了帮他人管理短租的想法。听她在电话那头激情澎湃描述着未来要把好姐妹们都动员起来一起创业，连谁负责清洁、谁负责面试房客、谁负责房子网页介绍都计划好了。我被她的万丈豪情感染。

好家伙，做律师还不够Lisa忙，还要再发展出一个产业链，这真是个不允许自己闲着的人。"不愿停下来，是在回避着什么？"这个问题冒了出来。我咽了咽口水，生生又把它吞了下去，职业病又犯了。真这么一问，如果她的豪情被聊没了，谁帮我管理房子呢？

嗯！不能问！"她不是我的学员，她不是我的学员……"我默默念着经，重新理了理思绪，终于问出了一句：

"那……你的房子租出去的那些天，你们住哪儿呢？"

"去野外露营啊。我们家有露营车，带着娃们去山里看星星。"

哇，放着自己的房子不住去露营。我掐指算了算她的房租和出租率，这一算就明白了，光靠房租的收入，她们一家三口加一只猫的花销就已经基本有保障了。

Lisa确实有经验，电话里聊完，我对于下一步要准备些什么也更清楚了。我很感激，于是邀请她今天来家里看看房子，给些指导意见。

我看过Lisa房间的照片，桌面、地面、衣橱都空空如也，没有一件多余物件，干净得很。为了迎接Lisa光临，我和萝卜没少忙活，早就开始收拾清理。

我的东西不多，从北京搬家那次，已经把该放下的都放下，该送人的都送人了。除了爱攒塑料袋，我没囤其他东西的习惯。

萝卜的东西不少，许多是早已破旧的衣物，还有许多是在各个国家教课后收到的礼物。那么重的瓷器、木刻、茶具他竟然都给背了回来。他说那是别人的一片心意，不好丢掉的。可背回来又用不着，日复一日年复一年，就占去了许多空间。

为了鼓励萝卜舍掉更多东西，我可是用尽了心思。

最终，捐赠处的小哥都和我们混熟了，我们捐了几车，房子清爽了许多。

* * * *

Lisa 终于要来了。

我结束了三个个案，烧好热水等着给她泡茶。

Lisa 进门的第一句话就是："哇，这地点，完美！"

这是我第一次见到 Lisa。她的黑色高靴还没彻底脱下来就已经开始为我们指点山河了："哦，这个鞋架出租时最好空出来；楼下要多安一点小灯，你可不想接到房客摔跤的投诉；锁要换成密码锁，可以远程监控的，特好用。"

这姐儿们，眼准口快，一分钟都不浪费——

这是 Producing Strategy（高产型性格），通过不断产出获得认可和赏识，自我价值与自身达成的成就高度相关。缺失的体验是允许自己慢下来，意识到自我价值的独立存在，意识到成就和自我价值之间的距离……

我的脑子已经开始"扫描"Lisa 的内心世界了。

我好想请她进门坐下来喝杯茶，却插不上话。于是，我和萝卜都站在门两旁，等她说完。

"她不是我的学员,她不是我的学员……"我又开始在心里默默念经。

Lisa环顾一周,看得出来她的脑子转得很快,眼睛就那么一扫,又生出了许多建议。我抓来笔和本子,飞速记下。

世界上需要这样高产出的人啊,如果都和我一样喜欢慢生活,可能我就没有时间去看夕阳了。有人快有人慢,兔子蜗牛,阴阳共生,才多元呀。问题不在于兔子快蜗牛慢,而在于兔子总觉得蜗牛才幸福,蜗牛只艳羡兔子的高能。

"Lisa,我们是不是应该把这些佛像、幡旗、供台、珠帘都拆掉,我有点担心房客会不喜欢,因为这些物件而产生抗拒心理。"我在Lisa密不透风的建议中,找到了一个缝隙,指着我和萝卜从不丹、尼泊尔、印度等国家带回的一些物件,问出了第一个问题。

"别!千万不要!(No! Definitely not!)" Lisa提高了嗓门,像是被冒犯到了,把我和萝卜都吓了一跳。

"这是你们的家啊,你不需要隐藏它的特点、为你的家而道歉。人们喜欢或者不喜欢,这是他们的决定。就算你装成另一个样子吸引来了谁,那也是错的人。没用的!相反,你应该给每一个物件都拍张照片、附上说明,让人们知道它们背后独特的故事。"

字字句句戳进我心,这哪儿是短租管理员啊,分明就是个精神导师。我对眼前这个瘦削的女人有了更多的敬意，不仅因为她的敬业、高效和热情，还有她对待自己、对待生活的态度，感恩她今天给我上的这一课。

> 你不必为自己的家道歉，
> 你不必为自己是谁道歉，
> 你不必为自己的喜欢道歉，
> 你不必为自己的美丽道歉，
> 你不必为自己的性感道歉，
> 你不必为自己的敏感道歉，
> 你不必为自己的正义道歉，
> 你不必为自己有底线道歉，
> 你不必为自己的不同道歉，
> 你不必为自己的善良道歉，
> 你不必为自己的灵性道歉，
> 你不必为自己的梦想道歉。

这些都不是你的错，如果这些被认为是错误的，那么是周围的世界错了。你，不必总是道歉。

尾声
如果只是挣扎，不活也罢

立春那天，娃娃走了。在我的怀中，娃娃自然停止了呼吸。那一瞬间，经由我全身的是一股前所未有的安静。有个声音渗入我脑海：一切挣扎都停止了。

娃娃依然睁着眼睛，前爪像从前那样搭在我的小臂上，我抱着它，摸着它，走到医院外的花园。我们坐在长木椅上，在冬天的阳光下，一切都像从前一样。

只是娃娃化身成了太阳，它说："妈妈妈妈，我终于自由了，现在无论你去哪，我都照着你啦。"

原打算立春后就带娃娃回加州，这样它能再看到一个春天，再一次在缤纷的粉色花瓣中奔跑。机票是早都订好了的。然而临行前一天，娃娃的身体状况急转直下，它不吃不喝，无法站立，脑袋一直上仰着，像在望着天空某个遥远的地方。我抱它入怀，它的身体软得像是骨头都消失了。

我无法想象让这样的它经受五六个小时航班的煎熬，再在机场候机数小时。我和萝卜做了一个决定：如果娃娃好转，按原计划出发；否则，取消行程。

我给娃娃灌好暖水袋，抱着它，穿着厚厚的雪地靴，坐进车里。新雪下，是厚厚的冰层。去宠物医院的路上，萝卜开得小心翼翼。

或许娃娃不想让我们为难，也不想再折腾，在萝卜和医生正讨论接下来的治疗方案时，突然有一刻，不知怎么地，我就很想把娃娃从医生那里抱过来，我马上起身那么做了，娃娃回到我怀里的那一瞬间，虽然隔着厚厚的衣服，但我能感觉到，它的心脏停止了跳动。

"它的心脏不跳了。"我看着医生，医生把听诊器放在娃娃的胸前，摇了摇头。

那颗扑通扑通在我怀里、在我心上跳了16年的小心脏，我太熟悉它的旋律了。在心脏停跳后，娃娃深深地吸了一口气，却不再有呼气。

小家伙儿就这么着在生命的最后一刻，又回到了我怀里，就像16年前我第一次抱起这个小肉球时一样。那么软，那么白，粉色的小肚皮。

娃娃患膀胱癌确诊已近两年，连医生都觉得它能又活这么久有点不可思议，总问我在饮食上、照顾上做了些什么。

"Lots of love. A lot."（许多的爱，很多很多。）

娃娃离开的原因是青光眼引发的脑感染。最后那几日，它日渐消瘦。它的身体还在，精神却渐渐远离。虽然还让我抱，但已经不认得萝卜了。

娃娃很贴心，癌症后又陪了我们近两年，给了我好多时间学习关于哀恸和恐惧的功课。它教我的关于生死的功课，胜过任何一位导师。

然而，就算做了许多心理准备，在那一刻到来时，依然猝不及防。我至今无法想起娃娃断气后那几个小时甚至后面几天的细节。我的头脑是雾状的。身心经历的巨大震荡，让我无法进食，每次吃完东西都会反胃，不得不每日靠胃药撑着。胃里难受时，我在想的也是娃娃：在最后的时光里，不想吃东西的它，是不是也这么难受。

我的一部分魂魄好像也随着娃娃去了。娃娃走时的那个瞬间，定格在我的脑海：那份不再挣扎的安静。

我有些魔怔地想给已经不再呼吸的娃娃掏耳朵。娃娃最喜欢躺在我怀里，让我给它掏耳朵了。"不掏，它会痒痒的。"我找来棉签。萝卜看着我，满眼的心碎。

我一边给娃娃掏着耳朵，一边继续和它聊天。"疼吗？娃娃，真干净，真舒服，娃娃最爱掏耳朵了，真乖。"这是我最后一次给娃娃掏耳朵，棉签伸进那粉色的小耳朵，颤抖着，那么小心。我怕它疼。

回加州的行程没有取消，路上，我问萝卜：

"娃娃躺在冰柜里，冷了怎么办？"

萝卜说："婷儿，娃娃已经离开了，它不在那儿了。"

就算他这么说，我依然重复着同一个问题。

"娃娃会不会冷？"

回到加州正赶上风暴。狂风暴雨像是要把木屋掀翻，整个马林县停了电。在漆黑一片中，我恍惚且游离：如果活着就意味着挣扎，干吗要继续活着！我甚至冒出了一些轻生的念头：看见太平洋银灿灿的一片，我的第一反应是，纵身一跃，这样我就可以和娃娃团聚了；看见枝头盛开的桃花，心里会有恨意：娃娃都走了，为什么花儿还开得这么艳。

哀恸并没有因为我事前的准备而减少分毫，随之而来的这些愤怒、无望、失魂落魄也是哀恸的一部分，是我生而为人丰富的情感之一。我从未想过要避开它们。

当我带着深深的哀伤和大地联结时,我知道,就像许多想要轻生的人一样,此刻想要死亡的,与其说是这个身体,不如说是想要终结这份痛苦,却不知还有其他选择。真正想要死亡的,不是自己,可能是一段感情、一个职业、一个选择、某个执着。

我的外国疗愈师朋友说,在他们的传统中,如有人失去了自己的心爱所在,七日内什么都不必做,甚至连饭菜都会有人一直照顾。因为这个失去了挚爱的人,需要足够的时间让哀恸彻底流经。

我很庆幸了解到这些,爱人、朋友也知道如何在这些时候支持我,不是劝我节哀顺变,而是留出巨大的空间,让我随时可以哭,可以讲和娃娃的故事。恰值春节,我放下了几乎所有的工作,为自己准备了充足的资源和空间去疗愈,允许这些痛苦和想要终结痛苦的意愿流经。

我一边哀恸,一边感恩着自己可以这么做。

我去见了四年没见的老师,她敞开双臂在家门口拥我入怀,她的怀抱还是那么柔软温暖。躺在她怀里,我哭了一个多小时,边哭边和她讲着娃娃,用完了一盒纸巾。在痛哭后,是巨大的平静和放松。

"如果不想再活了呢?"我问她。